晨边那抹微蓝

我在哥大读本科

Morningside Blue

My Life as a
Columbia Undergrad

谢舟遥 著

当代世界出版社
THE CONTEMPORARY WORLD PRESS

图书在版编目（CIP）数据

晨边那抹微蓝：我在哥大读本科 / 谢舟遥著. --
北京：当代世界出版社, 2022.10
ISBN 978-7-5090-1680-0

Ⅰ. ①晨… Ⅱ. ①谢… Ⅲ. ①中国文学－当代文学－作品综合集 Ⅳ. ①I217.2

中国版本图书馆CIP数据核字（2022）第161042号

书　　名：晨边那抹微蓝：我在哥大读本科
监　　制：吕　辉
责任编辑：李玢穗
出版发行：当代世界出版社
地　　址：北京市东城区地安门东大街70-9号
邮　　箱：ddsjchubanshe@163.com
编务电话：（010）83907528
发行电话：（010）83908410（传真）
13601274970
18611107149
13521909533
经　　销：全国新华书店
印　　刷：炫彩（天津）印刷有限责任公司
开　　本：710毫米×1000毫米　1/16
印　　张：14
字　　数：190千字
版　　次：2022年10月第1版
印　　次：2022年10月第1次
书　　号：ISBN　978-7-5090-1680-0
定　　价：59.00元

如果不满怀希望，那么满怀什么呢？

——木心　《哥伦比亚的倒影》

序

2020年3月中旬，纽约暴发新冠肺炎疫情，确诊病例累计上百。随后哥伦比亚大学关闭学校，正在读大三的我被迫离开纽约，回到北京，以网课的形式远程完成本科学业。

2021年的圣诞节，阔别纽约二十个月之后，我终于又回到了这里。此时，正值奥密克戎——新冠病毒的又一变种席卷纽约，引发新一轮的疫情，每日确诊病例高达数万。然而，纽约似乎并没被疫情改变，时代广场上的人潮如往日一般涌动，韩国城、中国城也都喧闹如旧。唯一明显的“疫情痕迹”是大部分餐厅在街道两旁搭起的棚架——客人可以自行选择在室内或室外就餐。

从繁华的下城搭出租车出发，穿过中城、上西区，来到安静祥和的晨边高地（Morningside Heights），如今已成为我母校的哥伦比亚大学就坐落于此。正值假期，校园里人迹寥寥。我慢慢地走着、看着，心仿佛放空了，脑海中却浮现出一幅又一幅旧日图景。

还记得五年前，2016年12月的那个早晨，收到录取通知书后我和妈妈拥抱在一起的瞬间。也清晰地记得到哥大的第一晚，去宿舍放下行李后，在112街的君子食堂吃的那顿晚饭。同样历历在目的，是上完第一节微积分课出来，误走了教学楼的另一个出口，在雨中对着谷歌地图认了半天方向的窘迫。

此刻，在于我而言既熟悉又陌生的校园里漫步，越来越多的回忆碎片纷至沓来。有一次，和一位清华毕业的微积分教授坐在他窄小的办公室里，扯了好几个小时的闲篇儿；另一次，凌晨一点和朋友们去学生餐厅吃炸鸡、喝酒、畅聊人生，好像那一夜永远都不会过完；还有一次，在那个初秋的傍晚，从东亚图书馆借了一本《北岛诗集》，坐在散发着潮气的大草坪上，借着旁边路灯的光读诗……

这本书取名为《晨边那抹微蓝》，记录了我在哥大读本科的四年里发生的有趣故事和此间的心路历程。

那是2017年夏天的开学典礼，我坐在大草坪上临时搭设的帐篷底下，听文理学院院长瓦伦蒂尼（Dean Valentini）讲述“新人思维”（beginner's mind）的理念。当天晚上，我把这个日后令我受用无穷的理念写进了《2017级开学典礼》中。

隆冬时节，宿舍楼前，我最喜爱的那棵枫树的叶子都掉光了，树干却依旧挺拔。每天晚上从图书馆回宿舍，我都会在那棵树下坐一会儿，有时听风声，有时听雪声，有时戴着耳机听肖邦和舒伯特的古典音乐。这些美好的场景，是《入侵》这首诗的灵感来源。

大二之后，我逐渐感受到越来越大的心理压力，来自学业，也来自对未来的迷茫。我不知道自己想要什么，而周围的环境也给我带来了巨大的压力，让我不断陷入自我否定的怪圈。心里难过的时候，我会翻出一张空白的纸，然后开始写、写、写。写作不会让坏情绪消失，但能转移我的注意力，让我渐渐进入另一个我能够掌控的、虚构的世界。这本书中的很多诗，包括《魂灵》《陌生的自己》《信使》，都是在这样的心情下完成的。

有时压力虽大但也收获满满。在哥大这所世界顶级学府里，我有幸跟随各领域顶尖的教授学习：《多姿多彩的哥大课堂》中提到的维戈特教授、布莱尔教授和梅芙教授，带领我进入科研领域的克里斯托夫斯基教授、卢教授和佩斯利教授，还有和蔼可亲、亦师亦友的霍茨曼教授……同时，在纽约这个伟大的城市，我享受着丰富的文化艺术的滋养，也在课余时间流连于博物馆、艺术馆和百老汇之间，比如《学在纽约》中提到的大都会艺术博物馆和现代艺术博物馆的看展感受，还有《演员—观众》里描述的百老汇观剧体验。

2020年3月，突如其来的新冠肺炎疫情打破了宁静的校园生活。哥大关闭校

园，转为远程授课，我从纽约飞回北京，在集中隔离的酒店里写下了《疤痕》和《一个人》。之后，我在北京的家里以及哥大提供的共享学习空间里完成了大四的学业。在北京读哥大是一种奇妙的体验——隔着半个地球，隔着十二小时的时差，隔着一块薄薄的电脑屏幕，虚拟的课堂总给我一种不真切的梦境般的感受。春天来了，北京刮起了沙尘暴，我在共享学习空间写下了《赛博朋克沙尘暴》，将我对网课生活的感受浓缩在短短的几行诗句中。

那时，我在《我思念人声鼎沸的哥大校园》里说，希望能在春暖花开时回到校园里。可惜疫情继续肆虐，我未能如愿以偿。2021年4月28日，哥伦比亚学院举行了隆重的线上毕业典礼，我在北京的家里通过电视收看了直播。在典礼的最后环节，每一名毕业生的主页依次出现在屏幕上，他们的名字被一个接一个地念出。当念到我的名字时，已是北京时间第二天的凌晨了。

我的大学本科旅程，就此正式告一段落。

本书所收录的，便是我本科生涯的种种：有在校的学习和生活体验，有假期的旅游见闻，也有日常的随笔手记。除诗和散文以外，也收录了一些我写的歌（歌词部分）。不论是什么体裁、何种格式，不变的是其中的每一篇文字所凝聚的情感，都是我在这四年里某个时刻的真实表达。

亲爱的读者，我邀请您翻开这本书，跟随我一起走进晨边的那抹微蓝，体验在哥大读本科的奇妙旅程。

目录

Chapter 01 起

Chapter 02 承

Chapter 03 转

Chapter 04 合

第一章 起

起点

2017年8月的北京，一场暴雨过后，空气闷热得像是能挤出水来。

临行前的最后一个周末，我去爷爷奶奶家吃饭。开饭前，奶奶把我拉到里屋聊天。我们先聊了几句和航班、宿舍、假期等有关的闲话，然后奶奶沉默了片刻，小声说道："我们也没办法去送你……"

她的声音中带着哽咽。

我抬起头来，看到她眼角泛红。那个瞬间，往日的记忆涌现，裹挟着这几个月来发生在我生活里的种种剧变，以及心中一切对于爱和未来的幻想，让我泪流满面。好像体内有什么东西被重重地击碎了，原本模糊不清的色彩重新聚拢，形成了一幅真实却丑陋的图像。在回家的路上，我才意识到，原来这就是离别。

和小学时最好的朋友坎儿一起吃饭。我们聊到高考，聊到文学，聊到高中的生活，聊到生命中曾

经出现后又远离的人们。同学们考入全国乃至世界各地的大学，此后除了放假时偶尔的聚会，再难产生交集。人与人之间的缘分，奇妙若此。坎儿告诉我，她也面临着我在申请主文书中写到的困境。她从小就爱写东西，在学业压力颇大的初中也仍笔耕不辍，文章里的妙言警句常令我拍案叫绝。然而，升入高中后，学校规定每周要交一篇随笔作业，她却再也找不到当初写作的热情。

其实，从开始写主文书起，我便常常在思考：究竟是什么消磨掉了我的初心——那份对于写作单纯质朴的热爱？是高考压力下变形的应试教育，是成长过程中表达欲的降低，还是这个碎片化阅读的时代已经让写作者也失去了码字的耐心？

虽然这个问题至今无解，我却希望能够借着离别的机会重新开始。我将开启新的大学生活，但同时，我更希望能够找回一个旧的身份——希望能再次成为一个对写作充满热情与想法的人。

写下这篇文章时，我正在北京飞往纽约的航班上。小小的舷窗外，云层如北极的冰川一般向天际延展，在阳光下翻卷起金色的海浪。在离家五千公里的万米高空，我们的航班正迎着朝阳，向东穿越北冰洋的晨昏线。

十八叙事诗（原创歌曲）

A部-1

妈妈　我有许多话
总藏在心里　终于发了芽
妈妈　我好想长大
才有能力　保护我的家

B部-1

十八岁前的春夏　发生好多事
我爱的世界忽然间　充满怨怼
熟悉又陌生的人　该如何面对
沉默只伤害了他们
遥远仿佛星辰
这个世界　没想象中温存

插部-1

花满楼　举杯没有酒

冷风几回吹透　去者不可留

少年愁　眉头皱

B部-2

一直只会扮演“一个人赢”的榜样

幻想能够满足所有人的愿望

少年的心思　诚挚单纯像月亮

夜半回想今朝过往

不禁泪湿两行

它们粉碎了我无条件的善良

插部-2

初日升　背后孤影剩

太阳不属于我　属于我的梦

少年愁　眉头皱

哦……

A部-2

妈妈　你辛苦了

照顾一株　才含苞的花

我呀　该如何长大

才有能力　保护我爱的她

再见（原创歌曲）

A部-1

倦了，倦了，散了吧

不必再说，那无用的话

你的泪还没干呢

风就要起了

让它带走你沉默的回答

A部-2

累了，累了，就这样吧

那日的少年，已长了白发

曾经的故事啊，结成依然作痛的疤

何时能古今都付笑谈啊

A部-3

无知的少年，该走了

一颗爱哭的心会陪你浪迹天涯

异乡的游子啊，你会不会想家

相聚和别离，春秋冬夏

A部-4

我爱着的人，你好啊

现在我要学着变成十八

世界不是个童话，我也时常会恨它

幸好生命里你陪我长大

相聚和别离，春秋冬夏

幸好生命有你陪我长大

2017 级开学典礼

convocation由两个词根组成：con-表示together（共同）；voc-表示voice（叫喊/声音）。合在一起，就是“convoke——call together”（召集）。convocation还专指大学中召开的集会，比如开学典礼。

8月27日是哥大的开学典礼之日。其实当天只是新生热身活动（New Student Orientation Program，简称NSOP）的第一天，正式开学尚在九天之后。然而，开学典礼标志着大学生活的正式开始，也代表我们这些学生终于将离开熟悉的家庭

环境，在大学里逐渐成长为更加成熟而独立的个体。

我24日到校后，参加了为期三天的国际新生热身活动（International Student Orientation Program，简称ISOP）。在此期间，我所要做的包括从布置宿舍、收拾行李、办银行卡、办手机套餐，到联系快递中心递送床上用品、去家具城购买日用杂物……随着这些“琐事”一件件完成，从前的那个“生活低能者”正在被新的环境迅速改造，演化为一个虽依旧路痴、脸盲，有着重度拖延症及常识缺乏症，但更加勇敢、干练的大一新生。

在开学典礼的致辞中，文理学院的院长瓦伦蒂尼一遍遍地重复“新人思维”这个理念。它的意思是，新人更容易打破固有观念，因此也更有可能取得成功。

虽然属于老生常谈，但这个理念放在开学典礼这种场合讲，实在是太恰当了，尤其是对于刚刚跨越了一万多公里和十二小时时差初来乍到的我们来说。

在国际新生热身活动的三天里，我经历过不少尴尬场面，说错了不少话，错过了很多精彩的故事，也遇到了种种令人啼笑皆非的小插曲。然而，“脸皮厚，吃个够”——抱着一种无知者特有的无畏，我真的做到了平心静气地面对各种小意外和小挑战。

抵达纽约的当天，因为航班晚点，我快半夜了才到学校。到了学生宿舍才得知，快递中心早已关门，之前从网上订购的床上用品无法提取。我从箱子里找出一条浴巾铺在光秃秃的床垫上，和衣而卧，在疲惫和晕眩中进入了梦乡，度过了在哥大的第一个夜晚。

离家万里，没了父母的陪伴，我只花了一个晚上就完成了华丽的蜕变。

告别（原创歌曲）

A部-1

夜，漫长的夜
何处才能安抚我的心弦
沙发上度过又一天
孩子的脸又更远
黑暗日益拖我进深渊

A部-2

风，不止的风
某天将带我回故乡的风
音箱重复了音乐
不知现在是几点
反正早已不在意时间

插部

梦里回到那一年
山清水秀的故园

意气风发的年轻人
可曾想过老了后会没尊严

B部

Goodbye，my friends
说给所有我遇过的人
如今就要去告别

Goodbye，my world
这个夏天时光匆匆
人生最难一课是告别
如今轮到我说再见

夏日草原（原创歌曲）

A部-1

奔跑在草原般的幸福

拥有是得到还是痛苦

B部-1

无止境地追

不停歇地赶

就算跌倒还有明天

无休止地跑

慢慢地忘掉

好像夏天没有终点

A部-2

没有人能够感同身受

但我们有相似的忧愁

B部-2

漫不经心地

岁月里漂流着

找寻我与世界的平衡点

渐渐忘记为什么

奔跑在每个时刻

其实夏天没有终点

哥伦比亚大学的纽约气质

来到哥伦比亚大学前，我便听说这里的学术压力堪称"臭名昭著"。调查显示，在所有常青藤院校中，哥大学生的平均睡眠时间是最少的，只有6个多小时。有人说，哥大的学生非常看重平均学分绩点（Grade Point Average，简称GPA），学业竞争激烈，以至于图书馆彻夜通明、人满为患；有人说，哥大的核心课程体系（core curriculum）要求一周一部著作的阅读量，学生必须熬夜苦读才能跟上进度。

真正开始在这里学习后，我很快发现其实哥大的氛围远没有传闻中的那么可怕。由于地处曼哈顿岛北部，哥大不但享受着大都市丰富的经济和文化资源，更承袭了纽约独特的气质——包容而多元，独立而自由。

对于多元文化的包容不仅仅是纽约的特质，也已经成为哥大的标签。从学生来源看，哥大的5000多名本科生里，国际学生占到17%。如果把数以万计的研究生包含在内，则国际学生的占比高达35%。从校方的政策看，学校也格外注重维护国际学生的社区，比如开设全球大使计划（Global Ambassador Program）等项目，以增进不同背景学生之间的沟通了解。当然，作为学生，我的体会更多来自我的课堂。

大一的第一个学期，我选了一门西方经典文学（Literature Humanities, 简称Lit Hum）。这是一门21人的小班课，将用一年的时间阅读并讨论20余部构筑了西方文学基石的名著。这个课堂给我留下的第一个深刻印象就是全班同学的多元化背景。我的同学里有美国人、韩国人、英国人、印度人，有白人、黑人、亚裔、拉丁裔，有计算机科学、经济学、文学、哲学、艺术史等专业的学生，有美国第二代移民，有家族第一代大学生……截然不同的文化背景，带来了多元化的课堂。

记得有一堂课，读到《圣经·创世纪》时，班上的一位犹太同学举起了手。他告诉我们，广为人知的《创世纪》的第一句，其英文版是“In the beginning”，但这句英文其实翻译得并不准确。在希伯来语的原文里，这句话的本意更接近于“In a beginning”。从“the”到“a”，虽然只是一个简单的介词的不同，但却完全重塑了文本的意义：“the beginning”的意思是宇宙只有一个开始，而“a beginning”隐含的意思却是，上帝有若干次创世纪，而我们的宇宙只是其中之一！这个新鲜有趣的发言立即引发了热烈的讨论。天哪——我既惊奇又愉快地想——原来我们一直理所当然确信的宇宙唯一性，可能仅仅源于当初《圣经》英译者的一个小小失误？

还有一次，当我们正专注于讨论希罗多德笔下的希腊时，一位来自英国的同学却跳出了希罗多德的视角，让我们将视线转而聚焦到西方文明与东方文明的冲突上。他提醒大家，《圣经》将埃及统治者刻画成愚昧暴戾的反派形象，而希罗多德的《历史》在记载希波战争的时候，也把波斯帝国描写成远不及希腊开化的文明。西方人眼中被污名化的东方，从几千年前的古籍中早已可见一斑。他一针见血地指出："由于东西方不平等的话语权，我们读了许多希腊人写的史书，却极少能读到以波斯人视角记载的这段历史。"围绕这个观点，我们各抒己见又一致认同：在当今的世界上，仍有很多人像希罗多德一样，生活在西方自己吹出的文明泡泡里。

类似这样的课堂讨论，往往已经突破了研读文字的局限，超出了文学与历史的范畴，跨越了国家、种族的鸿沟，变成了全球不同文化之间的交流与碰撞，在自由和包容的氛围里，闪耀着探究文明和真理的点点火花。

大都市人口密度大、生活节奏快、资源高度集中，这样的环境似乎有助于催生所谓的"个人主义"。行走在纽约街头，我经常会产生一种"匿名感"（a sense of anonymity），好像自己无论是谁、无论做了什么，都不会被人群注意到。纽约街道上的拥挤人潮就像一块静音海绵，把你松松地包裹起来，吸收掉个体的一切痕迹。在那些不喜欢纽约的人眼中，这可能反映出纽约的冷漠，但习惯了都市生活的我，却很喜欢这种"匿名感"。我喜欢混迹于中央公园闲逛的人群里，或是静坐在哥大吵闹的学生餐厅一隅，身处其中能感受到对个人的尊重与保护，这让

我感觉安全且自由。

哥大的学生大多自我要求很高，对任何机会都会竭力争取。比如我所在的文理学院规定，学生每学期所选的课程不允许超过18个学分（约4—5门课）。大部分同学都会修满18个学分，同时利用课余时间去参加社团活动，做助教、实习、实验室助理等工作。在会集了几万人的偌大校园里，不同学院、不同专业、不同国籍和年龄的学生往来穿梭，个个行色匆匆。有的脚底生风，奔向上课的教室；有的西装革履，赶赴校园招聘会投递简历；有的聚集在活动中心门口，举着自制的标语牌抗议移民政策……然而，行走在校园里，多数时候我都会感觉轻松自在，而非沉重的同伴压力。我想主要的原因可能是，这里的每个人都是一个独立的个体，有着属于自己的五彩斑斓的世界和明确坚定的目标，并且都在依照自己的规划忙碌但充实地生活着。而对于这一点的认识，依然来自我的课堂。

在哥大的第一个学期，我一共选了5门课：西方经典文学、大学写作、Java数据结构、微积分、体育。其中，上文提到过的西方经典文学是核心课程体系中的必修课，而哥大文理学院著名的核心课程体系正是吸引我申请哥大的最主要原因之一。因此，我对这门课程非常重视。这门课的节奏很快，通常一部经典名著仅用一到两节课就完成了学习和讨论。按照这样的节奏，我平均每周都得读完一本“大部头”。

在学期刚开始的那段时间里，我每天都在埋头读书，书包里总装着一本沉甸甸的《伊利亚特》或是《埃涅阿斯纪》，书里探出五颜六色的贴纸，书页间写

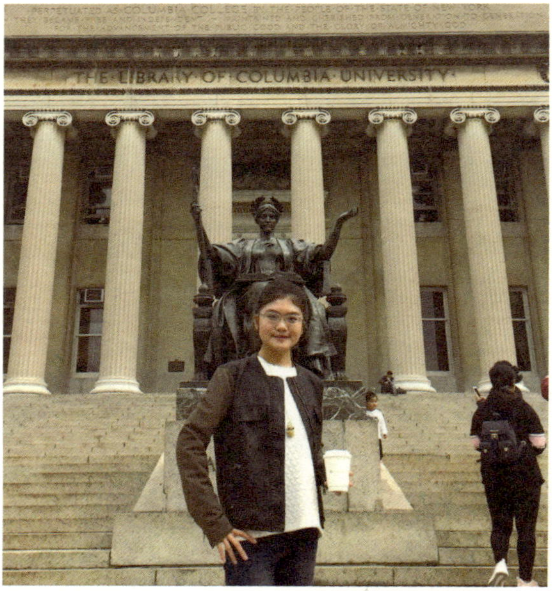

满密密麻麻的笔记。记得开学的第三天，我坐在宿舍楼二层的公共客厅里，整晚苦读第二天课上要讲的《奥德赛》，直到凌晨才读完。如今学期过半，我已经掌握了课前速读的技巧，

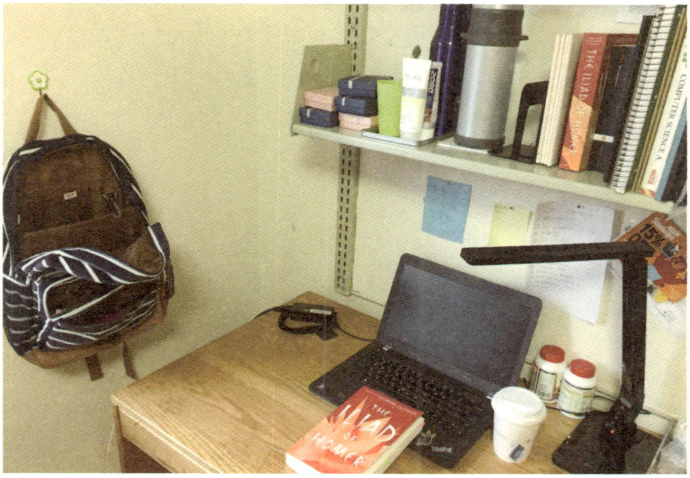

可以用一目十行的速度浏览内容，只有在读到感兴趣的段落时，才会放慢速度细读。当然，如果还是读不完也没关系，第二天上课讨论的时候再读也不迟嘛！最有趣的一次是，上课后教授安排大家分组讨论，我们小组一共四个同学，大家翻开同样干干净净的书，然后面面相觑："昨天你没读吗？咳！巧了，我也没来得及读！"

每堂课2个小时，从下午4点到6点。在很老很老的、竣工于1907年的汉密尔顿礼堂里，我们一小群人围坐在一起，读文学。窗外是肆虐的暴风雪，教室里开着老旧但功率超强的暖风。如果不开门通风，房间里会变得很热，但如果开门通风，回音效果极佳的走廊里又太吵了。于是只能开一会儿门，再关一会儿门。再讲一会儿，教授就会一把扯掉自己的毛背心，只穿着一件白衬衫继续慷慨激昂地讲着。

我们这些来自世界各地的十八九岁的大一新生，挤在这间小教室里，思想和精神在半空中窸窣有声地自由穿梭着。虽然大部分人并不知道自己的未来会通向何方，但我们都确信它一定会是美好而灿烂的。每个人的脸都热得通红，每个人的眼睛里，都有光。

风

1

静坐，无言

喧嚣只是观众

沉默才是我的表演

2

吹过林肯中心二层阳台的风
也曾吹过时代广场凌晨的霓虹
和中央公园南面牵手散步的恋人
此刻它吹过干枯的枝杈
卷起一堆金黄色的雪

图书馆是个奇点

地砖、管道、暖气、电机，楼上的人来了又走了，脚步声渐渐不可闻。老旧的电梯慢慢关闭，吱呀作响。我走过死一般寂静的回廊，来到中间略微宽阔的过道。我把书包放在中间的椅子上，拿出笔记本电脑，插好电源线，坐下，开机。

晚上九点钟，我在巴特勒图书馆（Butler Library）——哥大校园里最大的图书馆。

图书馆分成内外两部分。外围一共有六层，分布着若干间大小不同的自习室。自习室的风格各异，有的如同写字间一般挤满了单人桌，有的则摆放着可供四人使用的大桌子。

然而，真正令我着迷的是巴特勒图书馆

的内区——栈区（stack，即存放藏书的区域）。栈区的秘密入口在三层服务台的两侧，以两扇不起眼的木门阻隔开外围涌动的人潮。每次穿过木门走进栈区，我都会颇为跳戏地想到孙悟空横穿水帘洞的场景。与外围的门庭若市相比，这里隐秘幽静，仿若与世隔绝，别有洞天。

工作日的晚上，图书馆座无虚席。我背着笔记本电脑和阅读材料，在几个自习室里来回穿梭，寻找座位失败，最后一头钻进栈区里。

我走过死一般寂静的回廊，来到略微宽阔的中间过道。紧贴着书架摆放着一张长桌、八把木椅。一个男生坐在最左边，一个女生坐在最右边，两个人都默不作声，埋头书本中。我把书包放在中间的椅子上，拿出笔记本电脑，插好电源线，坐下，开机。

栈区有时令我恐惧。

从上往下，从顶到底，一层层书架上摞满厚重的书，不同颜色的书脊都有着雪白的侧脸。书架紧密摆放，留出的空隙仅供一人通行。几盏白炽灯亮着，大部分的书被黑暗笼罩，只能看到阴晦的影子。

两百万册图书在这里存放，每一本书背后都有一个或数个有血有肉的人，每个人都有一个很长很长的故事。人类知识堆积在这层层书架里，脚下每迈一步，不知经过了多少学者的毕生心血。在这里，我能看到无数个鲜活的灵魂不安地跳动，上千年的人类历史呼之欲出。我总是害怕书架轰然倒塌，将我埋葬。那样的话，无数个异域世界将从书中涌出，瞬间把我吞噬。这层层叠叠的图书是文明的负担，是时间的沉重礼物。

博尔赫斯说，如果天堂存在，那它一定是图书馆的模样。图书馆是个奇点——密度无限大，体积无限小。四维时空被压缩至这一个点，每本书都是开启一个平行世界的入口。作为一粒小小的电子，我穿行其中，随时感受着坍缩的恐惧。

我清楚地知道，我是它的一部分。

有了经验以后，我会在上午早早来到自习室占座。我喜欢三层左侧的长方形房间，安静、透亮，私密性与公开性并存。窗边有一排单人桌，早上九点钟便已坐满了学生；沿着弧形台阶上到夹层，可以在两人共享的木桌前俯瞰底下的校园百态。

不过我更常光顾的，是中庭里靠窗的四人大桌。透过窗户，可以看到对面的哥大行政楼，即原洛氏纪念图书馆（Low Memorial Library）。标志性的智慧女神（Alma Mater）雕像沐浴在阳光下，学生三三两两地坐在周围的台阶上，聊天、看书、写作业。形形色色的人穿过广场，如河流般汇聚或散开。有的背着书包踩着拖鞋，有的西装革履，有的则手拿自拍杆四处拍照。

校园是个千姿百态的微观世界，这里的生活多姿多彩。午餐时邂逅的伊利诺伊小哥刚刚开始读《三体》；不知道是巴拉圭还是巴拿马的男生非要和我讨论二战和特朗普；香港同胞给我分享了他的（与我的音乐品位极其一致）声田（Spotify，一个音乐流媒体平台）歌单。每天，我和朋友们一起泡图书馆、吃学生餐厅堪称人间至味的奶酪蛋糕、坐在大草坪上畅聊人生。清早去学校旁边的河滨公园晨跑；午夜与去学生餐厅吃垃圾食品的诱惑作斗争。在校园里匆匆赶路时偶遇一面之缘的老美同学，花0.1秒调动脸部肌肉挤出笑容，配合夸张的戏剧化问好“嘿”，擦肩而过后努力在大脑中调取对方的姓名……凡此种种，不一而足。而在这些之外，图书馆好像自成一体，始终沉默而疏离。

此时此刻，我在巴特勒图书馆写这篇关于图书馆的文章，手指敲击键盘的声音平和清晰，自然得好像图书馆一直以来就是我生活的一部分。开学至今整整一个月了，我每天都来图书馆。预想中的从中学到大学、从北京到纽约的天翻地覆般的改变并没有如约而至，反倒是慢热的我以流畅的节奏融入了这里的一切——正如我心爱的笔记本电脑，从北京家里的书桌来到巴特勒图书馆的书桌上，开机后照样正常运作——我在新环境下重启，也依旧继续着我的生活，如同一个看客的生活。

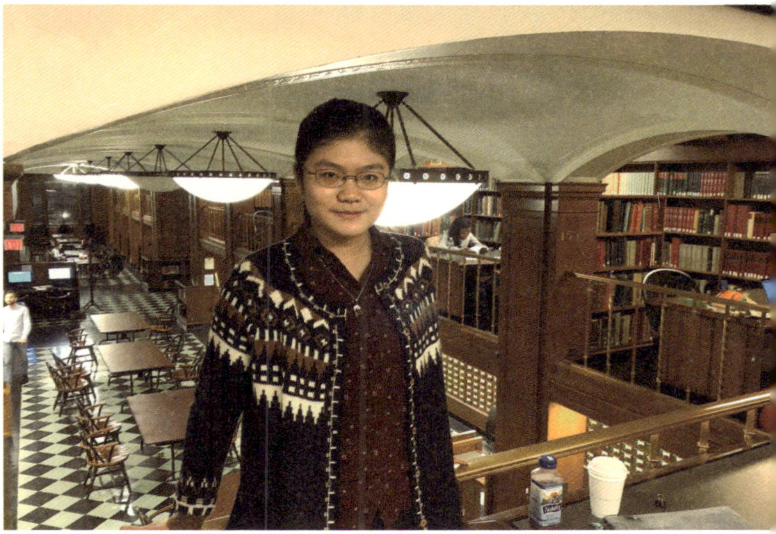

我向来是个散淡的人。不定目标，不设预期，事和人在生命中来来去去，如波如涛。我置身其中，只默默旁观和体验。聊过的天儿再有趣也会淡忘，读过的书再精彩也会忘了情节。为了不浑浑噩噩地生活下去，唯一的解决方法就是把这些经历写下来。想到这儿，我下定决心：为了能有时间达成这个目标，以后一定要多来图书馆。

梦开始的地方

漫长的等待与徘徊后，终于又开始写作。虽然尚不理解写作于我而言究竟意味着什么，但这一定是件好事。我想成为最初的那个我。那是我最好的样子。

狭窄的楼梯旋转

一次又一次回到原点

图书馆是梦开始的地方
人的自我构成独特的时空
在寂静中可以
听到它胀大的声音

但是在图书馆，只是在图书馆
纽约冬日的寒风只需轻轻一吹
它便清清爽爽地破掉了

喧哗鼎沸

——写于哥大图书馆的一组短诗

喧哗鼎沸

——写于科学与工程图书馆

实木世界
把白银的影子
投射在辉煌的黑暗上
一室无声
喧哗鼎沸

铁幕崩塌了
处女的白裙如海浪般
静止。
一面红帆
将军在旋转
历史翻篇

内容成了形式的主题
草稿混杂
时间
重叠
崭新的罗马

月光

——写于巴特勒图书馆三层

夜晚消失了
无数新月悬在房顶
棋盘交错
四分音符的贝斯落在
休止符里。星期的尾巴
把我拖入熟悉的迷宫

我属于回忆的故事
——那是生活的网，
独响的弦

吞噬

——写于巴特勒图书馆六层

城市的灯光吞噬月亮
吞噬夜晚无数
沐浴在明亮灯光下的生命
它们的影子很短
埋在桌椅的下面
时常被人们落在身后

灯光便也将它们吞没

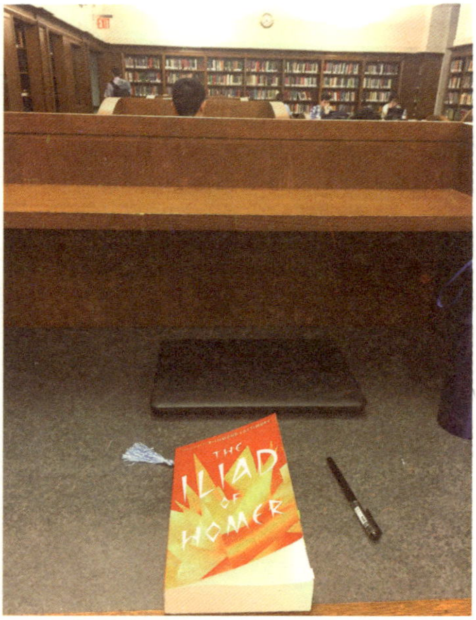

学在纽约

欢迎来到世界上最伟大的城市里，最伟大的大学的最伟大的学院。

（Welcome to the greatest college, in the greatest university, in the greatest city in the world.）

——文理学院院长瓦伦蒂尼，《新生欢迎致辞》

在大一必修课西方经典文学上，我读了整整一个学期的《伊利亚特》《奥德赛》等古希腊作品。诚然，这些作品是西方文明的奠基石，然而，晦涩难懂的文字却让我对三千年前的古希腊文明提不起兴致。这些书中的人物对荣誉的狂热、对神祇的尊崇、对民主的探索，实在都离我所在的世界和时代太远了。对我来说，他们是只存在于白纸黑字上的影子，是模糊的古典时代的鬼魂。

去年十二月，学期结束前的一个周六，我一时兴起，决定再去参观一下大都会艺术博物馆的古希腊、古罗马展厅。展厅依然是纯白色的装潢，简洁而庄严，展柜里密密麻麻摆放着残缺的雕塑、精致的银饰、陈旧的器皿。

出乎我意料的是，这个之前让我颇觉无趣的展厅，此时此刻忽然变得生动了起来。我读着展柜上的说明标签，辨认着一个个《荷马史诗》中熟悉的名字。原来荷马笔下的那些英雄走上战场时是这样英姿勃发，原来奥德修斯宫殿里摆放的装饰品是如此精雕细琢，原来在希腊人的想象中，爱神阿芙洛狄忒的容貌是这般的柔美动人……

穿梭在这些带着古希腊文明余温的物件之间，我突然有了这样一种感觉——我终于真正认识了曾经拥有过这些物品的那个古代文明，也终于认识了那个年代中最出色的人们，体会到了他们的纠结与痛苦、自信与辉煌。我在哥大的文学课教室里学到了他们神话般的英雄故事，却在曼哈顿中心的博物馆里，看到了他们真真切切的人生。

从哥大校园，到大都会艺术博物馆，我清晰地意识到，与哥大相比纽约是一座更广阔、更丰富的校园。只有学会将教室中学到的知识和这座城市拥有的文化资源结合，才能真正地体会到哥大的价值。

其实，哥大一直通过各种活动鼓励学生走出校园，更好地利用纽约的资源。比如凭借学生卡，哥大学生可以免费出入纽约包括现代艺术博物馆在内的三十多个博物馆。除此之外，很多博物馆和展览、演出都会有学生折扣。再比如学校每年会有一个叫作“纽约城”（Urban New York）的抽奖活动，基本每人都有机会获得一张免费的演出票或景点参观门票。上学期开学不久，我就抽到了早有耳闻的打击乐演奏会《废铜烂铁》的门票，免费欣赏了一场百老汇经典表演。

哥大的教授们也非常善于把纽约城变成课堂的延伸。在核心课程体系中，大一学生的必修课科学前沿就是一个例子。除了出勤、考试、作业、讨论等常规打

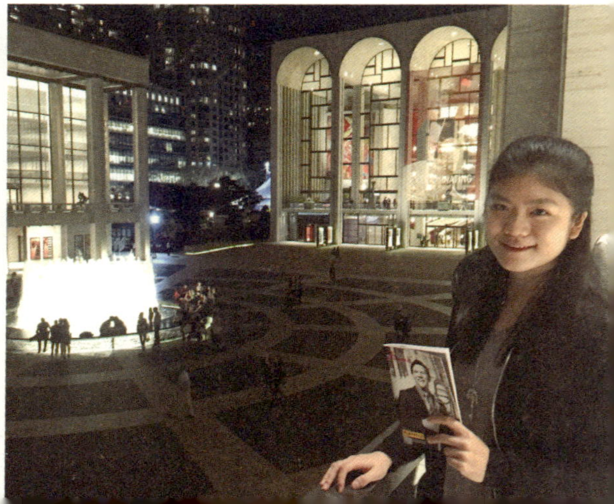

分项，参观博物馆在课程总成绩里占了8.5%的比重。学期结束前，老师会带领同一个讨论组的同学参观美国自然历史博物馆，并指导学生利用自己在课堂中学到的知识完成一份问卷。除此之外，如果学生参加了任何校外的与科学相关的活动，比如讲座、研讨会、工作坊等，都可以提交一篇简短的总结以换取加分。

核心课程体系中的西方经典音乐和西方经典艺术则更直接地建立在纽约丰富的文化资源上。在音乐课上，学生需要至少在林肯中心、卡内基音乐厅等处欣赏一场音乐会，以完成教授布置的论文作业；而艺术课上所学的名家名作，如莫奈、毕加索、安迪·沃霍尔的经典作品，很多都长期展出于现代艺术博物馆和大都会艺术博物馆中，和学校不过二十分钟地铁的距离。对于哥大学生而言，这些宝贵的资源都触手可及。

学在哥大，更是学在纽约。走出校门，我才进入了哥大真正的校园。

Song of Columbia（原创歌曲）

A部-1

没人提起昨夜的梦
九月的秋风
时光依旧来去匆匆
斑驳世界顶峰
被否决的种种人生
残缺一丝苦痛
风平浪静之中
如何从容

B部-1

悲伤无法伪装
总冷眼站在喜悦的中央
每次呼吸它就把我灼伤
抱住我的行囊
装满诗歌空想
你给它滋养又向它开了枪

A部-2

太阳落山前的温暖

微风兜兜转转

坐在高台倚着栏杆

回到古典时代

阿喀琉斯手中的剑

奥德修斯划船的帆

英雄谎言连篇

命途多舛

绿灯

1

十月的这个周末，我高中的舍友佳佳从芝加哥飞来纽约看我和另一个同学逸逸。两个月前，我们几个高中的舍友兼闺蜜在北京的三里屯吃着火锅互道珍重，转身各自踏上赴美的旅程。我和逸逸到纽约读哥大，佳佳则去了芝加哥读芝大。

在纽约的重聚令人欣喜。佳佳告诉我们，她这两个月在芝加哥过得并不快乐。她一向是个完美主义者，在芝大强者如云的竞争氛围里，她受到来自学业、活动、社交和就业的多方压力，感到身心俱疲。深思熟虑后，她决定休整一年，调整心态，历练人生，以便更好地适应芝大生活。

2

佳佳的酒店房间位于51层，毗邻时代广场。蓝牙音箱放着旅人乐队新出的单曲*Simple Song*，我靠在落地窗前的躺椅上，望着脚下的曼哈顿。百老汇灯火通明，远处的哈德逊河漆黑如墨。

我们有一搭没一搭地聊着天。“看我照片墙（Instagram，一款社交应用）上的第一张照片，那时候咱们好幼稚啊！”佳佳说。那是高一的合唱节，我们身着白色演出裙，浓妆长发，站在教学楼二层的阳台上。

佳佳的评论开启了新一轮怀旧吐槽的风潮。我们翻找着手机里高中三年的照片，“黑照”层出不穷，我们笑得几乎背过气去。

“咱们以前好土！”逸逸把手机举给我们看。2016年初，我们去澳门考SAT（高中毕业生学术能力水平考试），顺便去威尼斯人酒店闲逛。酒店的购物中心有装饰着蓝天白云的巨大穹顶，还有模仿威尼斯的人造河道和独木舟。照片里，十六七岁的我们身穿厚重肥大的羽绒服，表情各异，眼神涣散。很明显，我们还没有准备好，就被性急的拍摄者摄入了画面。

——我们又何曾准备好过呢？

在整个高中阶段，我埋头准备标准化考试和申请材料，却很少思考留学生活真正意味着什么。即便是在收到录取通知书后，生活也依旧在它原有的轨道上运行着。直到出发前两周，妈妈开始大张旗鼓地收拾行李，我才隐约意识到，我的生活即将被彻底地改变。

即使到了今天，已经在哥大做了两个月大一新生的我，仍能感到心底深处的“无准备”——我似乎应该长大了，可我并没有。对未知的恐惧让我迟迟不愿接受自己的新身份。就好像一个没读过剧本的演员，仓促之间被推上了舞台，一种错位感时刻提醒着我一件事——

我们还不曾准备好。

3

在高中提前申请（Early Decision，简称ED）成功者分享会上，我告诉学弟学妹，不要把大学申请当作高中生活的终极目标。我说，一叶障目不见泰山，申请只是人生的一个阶段中发生的一件事而已。或许它会对我们之后的生活有一些影响，但和人生的大目标相比，它再微小不过了。

一年后的今晚，我们三人重聚在纽约的心脏。曼哈顿岛上流动着五彩的光影，我们所在的这个51层的房间好像悬浮在城市上空，没有着落。纽约是冷漠而包容的，我总能在格格不入的感觉里，同时找到对它的归属感。可今天，我突然觉得自己像一株没有根须的浮萍。脚下灯火辉煌，我们却好像重聚在一年前的北京，而非此刻的纽约。我们的世界属于另一个时空。

一年后的今晚，我又想起自己在分享会上试图传达给学弟学妹的“大道理”。在生活这条湍急的河流中，个体渺小如尘埃。即使是在每个人都全力以赴的申请季里，我们能够掌控的部分也还是少之又少。当我们长舒一口气，庆祝抵达一个阶段的终点时，真正的考验才刚刚到来。当崭新的阶段开始，一切早先的预期作废，谁都不知道会发生什么。

生活无法掌控。人生多是不如意。我想，这简简单单的事实，是我们之前不

曾真正意识到，因此也从未真正做好准备的。

4

他经历了漫漫长路才来到这片草坪上，那时候他的梦一定就近在眼前，他几乎不可能抓不住的。（He had come a long way to this blue lawn, and his dream must have seemed so close that he could hardly fail to grasp it.）

——《了不起的盖茨比》（*The Great Gatsby*）

从原点到此刻，我们跋山涉水，为了找到自己追寻的那盏绿灯。可未来究竟要面对什么，我们一无所知。

心理学研究表示，人的怀旧感在青年时期最为强烈，到中年时逐渐降低，到老年时又再次变强。我想，或许我们谁都不想面对成长，谁都不曾预料到成长会遇到种种困难。因此，我们如今再见面，却只能靠回忆取暖。

我们来到了对岸，却发现那盏绿灯早已落在了背后。

城市孤独

城市里的孤独——
是在夜半的客厅
听电梯和暖气的声音
看街对面那个窗口
溢满明亮的光
是满脑子装着晕晕沉沉的念头
惦念明天的琐事
身体却沉陷在寂静的沼泽

再见了，博客时代

无意间看到网易博客要彻底关闭了。2018年11月30日后，网易博客的功能将全部下线，只保留博主浏览的功能。一瞬间，无数回忆涌上心头，我觉得我必须写点什么。

博客是我写作生涯的起点。2009年12月，小学四年级的我在同学的邀请下注册了博客，从此拥有了自己的网名和笔名。在那个微信公众号还未诞生、新浪微博刚刚出现的时代，博客的公开性和社交属性让我着迷。我一发而不可收拾地爱上了写博客，每天回家后便兴冲冲地坐在电脑前更新日志。那时的我没有丰富的人生阅历，但总能从生活中点点滴滴的小事情里找到记录的价值；那时的我文笔稚嫩，却偶尔会冒出一两句或生动或诙谐的“金句”。最关键的是，虽然我的博客除寥寥几位亲朋好友之外无人问津，但我却渐渐找到了写作的乐趣。

我在博客上分享旅行的见闻，调侃学校的趣事，发表幼稚的人生感慨。在小学毕业前夕，写作让我得以抒发内心对母校和同学的不舍；在我养的仓鼠小白逝去时，写作让我得以第一次近距离地参悟死亡，并以此永远怀念它短暂的生命；在

我第一次独自离家，远赴英国参加剑桥大学暑期项目时，写作陪伴我度过了数个漫长而孤独的深夜。短短几年，写作成了我生活的一部分，而博客见证了我一步步的成长。

后来，随着升入初中、高中、大学，我在英语课、文学课、写作课上读了越来越多的书，写了越来越多的作文和小论文（essay），可花在博客上的时间却越来越少。与之对应的，我在写作中感受到的纯粹的乐趣也越来越少了。写博客是一种纯粹的自我驱动，因为渴望表达；但写作文、写小论文则是负面的“被驱动”式写作，我必须考虑读者（考官）的体验、迎合他人的标准。与后者相比，一篇小小的博文才能带给我最佳的写作体验，因为它满足了我表达真实、表达自我的欲望。

因此，虽然许久没有登录博客了，但它始终是藏在我心底的一片绿洲。我知道，这里有我对于写作最初的热爱，有我最真挚的情感表达。我怀念博客的鼎盛时期——那段只为自己写作的时光。

在我的博客首页上，写着这样一句话：“生活，观察，感受，记录。”这是我当初写给自己的勉励之辞。博客即将被关闭，就让我带着这句话继续前行吧。

复杂情绪

我常常有许多的感慨。在平淡如水的生活里，它们像水面下隐藏的湍流一样，蓄积着巨大的能量。这种由悲伤、绝望、疑惑、不安混合而成的复杂情绪让我时常难以保持表面的淡定。它们是我创作的动力。

三分钟
音符敲击琴键
烟花般的流星绽放
作曲家生命的辉煌
终止符

和永恒的美相比
我们的存在是什么？

在一个寻常的冬日早晨

在一个寻常的冬日早晨
我会轻抚你的脸
太阳落山了
把影子抛前面

第二章 承

音乐课

我一直觉得音乐课是大学里教学难度最大的学科之一。由于各国中小学的音乐教育没有统一的课程体系，每位同学在音乐方面的教育背景都相去甚远，其对音乐的理解和偏好也都截然不同。其实不只是学生，就连老师也是如此，比如我大一这一年里先后遇到的两位音乐老师——彼得和巴拉密。

彼得老师教的是哥大音乐系的入门课程——音乐基础（Fundamentals of Music）。在第一节试听课上，他的独特风格就给我留下了深刻印象。他是个身材瘦小的中年人，有些秃顶，戴一副黑框眼镜，身着灰色衬衫和黑色西裤，在钢琴旁站得笔直，表情严肃，散发着治学严谨的味道。

刚一上课，他便让每位同学拿出一张纸条，在上面写下自己过去二十四小时内听过的五首歌曲或乐曲。随后，他一边飞快地一张张翻看，一边给出“行”（yes）或“不行”（no）的评价。十几张纸条很快都评完了，大部分都被批了“不行”，只有四张得到了“行”的认同。教室里鸦雀无声，大家都在等待他作出解释。

彼得老师整理了一下手中的纸条，问：“你们觉得我给出‘行’或‘不行’的标准是什么？”

“是—— 一种衡量听歌品位的标准吗？”几秒钟的沉默后，一个男生问。

“算是，但不准确。”彼得老师说。

“您是否听过我们歌单里的作品？”一个女生举手问道。

“也不是，”彼得老师说，“我刚才的判断依据是：你们的歌单里有没有古典音乐。五首里只要有一首古典音乐就可以了。因为古典音乐是西方音乐的基础，也是哥大音乐系课程的重点。在座的都是想学音乐的学生，却只有四个人在过去的一天里听过古典音乐，这样是不行的。”明白了——大家有的耸肩，有的做鬼脸，我翻了个白眼——原来听古典就是“行”，反之就是“不行”。

彼得老师确实是个古典音乐的“死忠粉”，典型的学院派。他的课程系统性很强，上课时的互动也很充分，他对古典音乐的历史、要素、与其他学科的关系等都如数家珍，令我对他的专业素养敬佩不已。然而，在这个古典音乐日趋式微的时代，他的执着是值得钦佩的力挽狂澜，还是不合时宜的故步自封？想必每个学生心里都有自己的答案。

巴拉密老师则与彼得老师刚好相反。他一头姜黄色的卷发，长相颇具喜感，身材微胖，却喜欢搭配码数偏大的衬衫和牛仔裤。他是我大一下学期练耳课（Ear Training）的老师。练耳课只有八名学生，以视唱练习、旋律听写、和弦进行听写等内容为主，涉及的音乐理论知识并不多，再加上巴拉密老师天生的亲和力，所以课堂氛围要比音乐基础课轻松很多。

巴拉密老师自带艺术家身上常见的神经质和自我陶醉。他对爵士、蓝调、摇滚有很深的造诣，喜欢开玩笑地把学院派音乐人称作“那些喜欢古典的哥们儿”。讲解一个和弦的用法时，他总是一边弹奏一些复杂的爵士和弦进行，一边低着头对着琴键喃喃自语：“你看……这种感觉……也可以……这样……”每到这种时候，我们就知道他又进入了“自嗨”状态，已经完全忘却了课堂和学生的存在。我们也只好在面面相觑之后，静静欣赏他动人的琴声了。

练耳课的学期项目是学生自己任选一段乐曲扒谱，并在课上演示。所谓“扒谱”，指的是通过听音频的方式听写出曲子的五线谱。大家选的曲子五花八门，有美声歌剧，也有爵士即兴独奏，但巴拉密老师总能一针见血地指出这些曲子的风格和特点。每到乐曲讲评时，他都会跷着二郎腿坐在音响旁边，在或激昂慷慨或如泣如诉的乐声中即兴插话，准确地点出某个特殊的和弦或某个奇怪的贝斯编排。此时，他的表情、动作和声音里满是掩饰不住的孩子气的欢喜，颇有指点江山激扬文字的动人风采。

我选了一首非常可爱的歌曲，名为“你好世界”（Hello World），是出生在洛杉矶的亚裔插画师、音乐人Louie Zong的作品。这首歌的主角是一台渴望爱的计

算机，它在歌里诙谐地唱道："我会遇到我的爱吗，还是一个电源插头？"（will I find a love, or a power plug？）Louie Zong使用电脑程序生成的机械声音来唱这首表达计算机心声的歌。在课堂上，我一边播放这首歌的音乐，一边用钢琴弹出对应的和弦伴奏。"很有意思的是，"待我完成演示，巴拉密老师说，"因为是由电脑来演唱的，所以作者在写旋律的时候加入了很多大跨度的音程，从而增加了听觉上的戏剧性。"听到他的点评，我马上想象了一下由真人演唱同样旋律的场景——的确，非常有趣，老师的点评真是到位！

这门课的同学里有一位五十岁的大姐，她是三个孩子的妈妈，因为喜爱声乐，所以选修了这门课。但她的乐理基础比较薄弱，每次轮到她做听力练习时，她的脸上都写满了肉眼可见的挣扎。巴拉密老师在钢琴上弹了一个和弦，让她说出和弦的类型，然后他们之间就发生了如下对话：

大姐面露茫然："是——小七和弦？"

巴拉密遗憾地摇头："不是。"

"那——半减七和弦？"她观察着巴拉密的表情，试探着问。

"不是，但很接近了。"巴拉密把和弦分解又弹了一遍，加重了最后一个音，也就是和弦的七音。

"是减七和弦吗？"大姐再一次努力。

"对了！你听，半减七和弦听上去是这样的，要比七音再高一个半音。"巴拉密高兴地边弹边讲解道。

大姐松了口气，满脸笑容："谢天谢地，我终于猜对了！"

课间闲聊的时候，大姐告诉我，她从视唱练耳I开始学，经过一年的努力才升入我们班（视唱练耳III）。我很想问她：是什么让她如此坚持，又是什么推动着她不断向上？可惜我并没有找到合适的机会发问，但或许并不需要问，因为她的专注和投入已经说明了一切：是热爱。唯有热爱，才能让人突破看似不可能的边界，头也不回地走下去。

几乎每节音乐课都能让我收获一些新的感悟。有一次，还是在巴拉密老师的练耳课上，他搞了一个类似"击鼓传花"的小游戏。他让第一个同学在一架钢琴上弹奏布鲁斯（又名蓝调）经典十二小节和弦进行，第二个同学在另一架钢琴上弹奏即兴旋律，其他六个同学则围着钢琴站成一圈，一边击掌一边摇摆身体以保持节奏。十二小节结束后，换第二个同学去弹和弦，第三个同学开始弹奏即兴旋律，以此类推。有几个同学不太会弹钢琴，老师安慰说没关系，只需随性弹几个音符，并跟着旋律放松身体。

轮到我的时候，我用布鲁斯音阶弹了几段即兴旋律，听上去与和弦的搭配相当默契和谐。排在我后面的是一位几乎不会弹钢琴的同学。出乎意料的是，他略带笨拙地弹出的旋律，却让我感觉更新颖、更好听。我由此联想到，音乐的“不可解释性”或许正是我们热爱它的原因。很多时候，单纯的技巧或乐理无法解释我们为什么会喜欢在某一时刻听到的某一首歌。音乐能够打动人的理由往往是复杂的，掺杂了我们在那一时间点上的情感、理解等种种因素。但无论我们出于何种原因被音乐吸引，最重要的都是沉浸于音乐正在发生的“当下”，以身心放松的开放姿态去接纳音乐所传递给我们的讯息。然后我意识到，巴拉密老师搞这个课堂游戏的目的，也许正是想告诉我们这一点。

在很多这样的时刻，我会感觉到这间音乐课教室是一个有魔力的神奇所在。我们八个同学来自地球的不同角落，年龄从十八岁横跨到五十岁，对音乐的喜好也五花八门，却因为某种内在的有趣的联系，被聚在了这个小小的课堂里。

再想想，这一点儿也不奇怪：音乐的种类虽多，但究其本质都是真实地反映人类心灵的声音；而正是多元的文化背景和求同存异的态度，才使人类拥有的音乐世界如此丰富和精彩。我们这八个人的小小课堂，正是广袤音乐世界的一个小小缩影啊。再推而广之，人类社会又何尝不是如此呢？

入侵

恼人的冬天把树叶赶跑了
只有你爱的那棵屹立如一
舒曼、肖邦，和贝多芬
成了这一切的见证

桂冠之下，我惊叹于
你美好的入侵

演员—观众

距离演出开始还有五分钟，布景一片混乱。门关不上，书架倒了，地板没擦……这一切令剧务手忙脚乱。

还好，最终话剧还是按时拉开了帷幕。

表演的剧目是《哈佛什姆庄园谋杀案》(*The Murder at Haversham Manor*)，讲述的是一个颇有悬疑色彩的故事。然而，由于道具准备和演员配合的种种失误，演出过程一波三折。酒被倒光了，剧务情急之下用有毒的颜料代替威士忌；壁炉前的烛台掉了，演员就伸出自己的双手举着蜡烛。为了救场，演员们做出了许多令人啼笑皆非的举动，就连剧务都被强行推上了台，临时扮演女主角。在案情水落石出的高潮时刻，本就摇摇欲坠的布景终于完全崩塌了。在断电导致的黑暗中，话剧迎来了尾声。

而所有的这些混乱，都属于另一部话剧《演砸了》(*The Play That Goes Wrong*)。顾名思义，《演砸了》展示的便是漏洞百出的《哈佛什姆庄园谋杀案》被搬上舞台的全过程。和这出关于谋杀的“剧中剧”相关的一切，包括演员、剧务、灯光音响师，甚至包括它的观众，比如我，都成了《演砸了》中的角色。

在演出过程中，剧中剧的演员习惯于打破“第四堵墙”，根据观众的反应给出实时的反馈。比如饰演女主角哥哥的演员喜欢为台词配上夸张的肢体动作，而一旦观众发出笑声，无论是为什么而笑，他都会得意忘形，甚至中断演出向观众致谢。又比如面对自己百老汇处女作的失败，饰演导演的演员一度在舞台上濒临崩溃，谴责观众不懂得欣赏戏剧艺术。

明明是剧组准备得不周，却非要把责任推到观众身上，这剧中剧的导演的脑回路堪称清奇。可同时，这直接的诘问也引导我们思考——观众是戏剧表演的一部分吗？观众对于一部话剧的成功有着怎样的作用？剧中剧的演员时常跳脱出戏剧情节，以观众的身份审视自己的表演；但同时，这种互动式的表演方式让观众又成了《演砸了》这部剧的喜剧效果的一部分，因而观众也成了演员。通过剧中剧的双重结构，台上台下、幕前幕后的隔阂被打破，演员—观众、正剧—喜剧的

关系也重新被定义。

通过这种刻意错位的演员—观众关系，一部本该是关于破案故事的严肃正剧变成了令人捧腹的喜剧。《演砸了》以一种既隐晦又直接的方式展现出了演员与观众之间暧昧而令人着迷的关系。当剧中剧的导演因观众的耻笑而愤愤不平时，回应他的是观众们更加放肆的笑声；可同时，这些笑声恰恰证明了《演砸了》作为一部轻喜剧的成功。

纽约地铁

老旧的一号线轰隆作响
我坐在纽约地铁里
假装面无表情的路人
从我的生活到世界的生活需要三十分钟
两点之间
填满过去回忆

星空

期中考试暂时告一段落，秋假开始了。

秋假其实只有两天，但是和长周末连起来，就变成了长达五天的假期。在这个周五的晚上，我发现自己从繁华的纽约上城降落到了缅因一个叫作班戈的小机场，在寒风中裹紧了羽绒服。和我同行的是另外几个来自中国的同学。

我们住在一家小客栈，位于阿卡迪亚国家公园东北角的一个沿海小镇巴尔港。客栈是一幢蓝色的二层小房子，一楼是客厅、开放式厨房和次卧；二楼是主

卧套间。房间布置得很温馨，冰箱里塞着各式的自制食品和几瓶酒，带来相当浓郁的居家感。

天色已晚，我们放下行李，饥肠辘辘地出门，在小镇里四处闲逛。街边都是类似的小房子，临街的店铺售卖服装、工艺品和旅游纪念品，只是大都已打烊。路上见不到行人，更鲜有车辆经过，我们是马路上仅有的游客。

无意间我抬起头，看到漆黑的夜空里，满布着点点繁星。我怔了数秒，搜索过往的记忆，发觉我从未见过有这么多星星的夜空。可纵使星光明亮，却无法照亮夜空的墨色。

我仰着头想，原来夜空真的镶嵌着钻石。

缅因的十一月天寒地冻，早已不是旅游旺季了。夏天时熙熙攘攘的小镇如今一片萧条。第二天下午，我们一行五人从酒店出发，在小镇边缘的租车处租了山地自行车，决定骑车到著名的景点凯迪拉克山去看日落。

事实证明，我们这几个毫无山地骑行经验的学生不但是不可救药的浪漫主义者，更是不计后果的理想主义者。山路虽然平坦，却有着难以征服的陡峭坡度。大多数时候，我们只能推着车艰难前行，慢慢爬坡。

秋天的缅因天蓝如洗，云朵像丝绸一样覆在半空。寂静的山路上，只有我们推着车喘息而行。道路两旁的坡上长满了叫不出名字的高大树木，叶片都褪成了金黄色。一阵风吹过，满山秋叶发出海浪般哗哗的声响。

从喧闹的纽约来到淡季的巴尔港，我终于听到了自然的声音，感觉自己的灵魂也变得越来越安静、越来越坚定。

在美国生活的第三个月，我发现自己拥有了遗忘的能力。过往的生活连同过往生活里的那些烦恼，好像随着我的离开而留在了过去的时空中、锁进了我心中隐秘的角落里。把以前那个为赋新词强说愁的少年留在身后，我似乎刚刚学会了如何感受快乐。

太阳落山的时候，我们也没能骑到山顶。我们站在一个乱石堆起来的观景台上，眺望远方。太阳西沉，乌云被折射出了温暖的颜色，不远处的湖泊也映出黄昏的光影。天色暗下来的速度极快，不一会儿，湖泊已看不清了，云朵也消失不见了。最后，天地间只剩下一轮明月、天上的街灯，和山脚下小镇的“星星”。

夜

夜，沉默的情人
吻过浓雾笼罩的森林
雨滴从叶片上滑落
披着琴键的寒意
坠入柔软的心

《现代教育报》“学在海外”专栏　之四

多姿多彩的哥大课堂

每一个课堂都像一个舞台。

教授们身兼编剧、导演和主演，学生们则充当配角和群众演员（有时也会客串主角）。坐标纽约，哥大既拥有全美国际化程度数一数二的学生群体，也拥有同样多元化的教师团队。种族、文化和学术背景的不同，让每位老师的舞台剧都各具特色。

就拿这学期的微观经济学来说吧。瓦特·维戈特教授是一个精力充沛的小个子，他讲课时的肢体语言非常夸张，讲至高潮处，甚至会在黑板前手舞足蹈。他思维敏捷，长袖善舞，经常用一些日常生活中的场景来帮助我们理解经济学里的概念。

有一次，他说自己周末和朋友去一家常去的饭馆吃饭，却发现菜单换了，取消了物美价廉的15美元套餐。于是，他和朋友“毅然”离席，改去了另一家更便宜的小汉堡店。用这个例子，他形象地解释了价格调整对于需求的影响，进而引入了马歇尔需求理论。在另一堂课上，当讲到劳动力市场的供需关系时，他拿了瑞典极高的收入税来打比方：“在瑞典生活的第一年把我吓着了，8万块钱的工资拿到手只剩4万多了！”他无奈地耸起肩膀，摊开双手，满脸受伤的表情：“后来我只好搬到美国来了……”就这样，在大家开心的笑声里，维戈特教授用这些信手拈来的小故事让我们轻松理解了一个个高度理论化的经济模型。

我记得最有趣的一堂课，是讲到拍卖理论的时候，维戈特教授组织了一场“首价密封拍卖”，拍品是一块他从家乡比利时带来的巧克力。在“首价密封拍卖”里，竞拍者在不知道别人叫价的情况下给出自己的叫价，最后价高者胜。拍卖开始后，我们每个人都在一张纸条上写下了一个自己愿意为这块巧克力支付的价格。因为不太钟爱甜食，所以我给出的是一个低于常规市场价格的报价：5美元。在这节课快结束的时候，维戈特教授公布了本场拍卖的获胜者——一个美国男同学，他以15.49美元的价格得到了这块巧克力。教授看上去很满意，在学生们的掌声和叫好声里，他得意地冲那个男生高喊：“来吧！我只收现金！”

计算机系开设的Java数据结构则是另一种氛围。保罗·布莱尔教授以合唱团指挥般的控场能力主导着上课的节奏，以幽默调皮的个人特质吸引着学生的注意，这让他的课堂气氛始终轻松有趣。

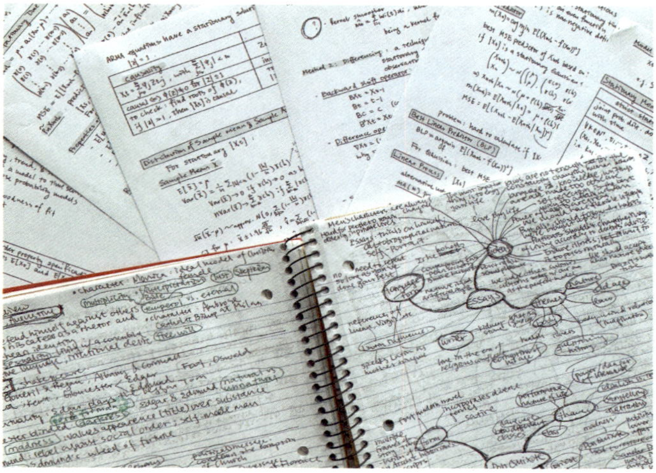

Java数据结构是计算机专业的第二门必修课。因为高中时已经修过AP课程（Advanced Placement, 美国大学先修课程），所以我跳过了入门课程，直接进入Java数据结构的学习。虽然起初因为跳课有点跟不上布莱尔教授的节奏，但我很快找到了适合自己的学习方法。每次上课前，我会把电子版教材打印出来，提前进行预习。教材里的每一段代码我都会仔细研读，并且用文字清楚地描述出代码在做什么、为什么要这样做。我最开心的是在预习的时候遇到看不懂的代码，因为这意味着上课时又能学到新东西了。我会在代码旁边画上一个明显的红色问号，提醒自己上课时注意听教授的讲解。

布莱尔教授体形硕大，灰白色的长发和络腮胡须都被蓬松地扎了起来，再配上圆鼓鼓的肚子，活像个哥大版的圣诞老人。得益于体形，布莱尔教授中气十足，洪亮的嗓音回响在偌大的阶梯教室里。可即便在这样的音量下，也还是会有学生抵挡不住困意酣然入睡。在期末考试前的一堂课上，布莱尔教授讲着讲着突然停住了，视线停留在一个坐在教室中央、正打着瞌睡的学生身上。坐在他旁边的朋友见状试图叫醒他，却被教授迅速抬手阻止了。只见布莱尔教授面露狡黠的笑容，压低嗓音对我们轻声说："我早就想做一件这样的事儿了——下面我要告诉大家，下周你们期末考试的第二题是一道简答题，这道题的答案是……"他飞快地念完答案，看到那个学生还在酣睡，马上开心地比了一个胜利的手势："太棒了！现在除了他，每个人都知道答案了！"直到此时，那个可怜的男生才在众人的哄笑声中迷迷糊糊地睁开了眼睛，懵懂地环顾四周，全然不知自己错过了

什么。

与布莱尔教授课堂的活泼氛围相反，音乐理论的课堂安静得像夏日午后的莫奈花园。

梅芙教授是一位30岁上下、性格相当内向、治学相当严谨的音乐理论家。在课堂上，她大多数时候都垂着眼帘，似乎总在搜寻着地板上的什么东西，很少抬起眼睛正视我们。她的嗓音细弱，语速很慢，经常会在一句话说到一半时突然停下来思考，让整个课堂陷入真空般的寂静。我总有种感觉，这是因为她的大脑中在同步运行着一套繁复的程序，时时刻刻检查自己说出的话是否足够严谨。乐理的规则往往模棱两可，很难得出绝对化的论断，而梅芙教授大脑中的检查程序一旦发现她说的话与事实之间存在哪怕是细微的差异，就会立即叫停并进行修正。比如，在写四部和声的时候，有一条规则是不要出现平行五度。在解释这条规则的时候，梅芙教授是这样展开她的论述的："不要写平行五度——（寂静，思考）……好吧，让我修正一下刚刚的这句话：你们会在之后更高级的乐理课上学到，有时平行五度的出现是必要的，甚至一些作曲家会故意使用平行五度……然而，在目前我们学到的规则体系中，是需要避免平行五度的……"

如果你以为这就是全部，那就大错特错了。很多时候，梅芙教授的一句话需要用另外一段话来注解，而这段注解或许又需要另一段更长篇幅的注解来加以注解。比如："……当然，我并不是说平行五度是一个更高级的技巧。事实上，在大部分时候——不，准确地说，在99%的情况下——平行五度还是会影响听感的，因此需要被尽可能地规避……"最后，感谢上帝，在我们高度一致的迷茫眼神中，梅芙教授似乎下定了决心。她点了点头，总结道："总之——不要写平行五度。"

虽然这种貌似过分的严谨让梅芙教授的课堂不如其他教授的有趣，但我渐渐感觉到，她的风格在无形中让我养成了对乐理规则锱铢必较、刨根问底的严谨态度。同时我也意识到，乐理不是一套绝对的规则，而是在实践中被总结出来的经验。没有绝对的不可能，也没有绝对的正确，正如一套注解往往需要另一套相对的注解来加以说明。这帮助我更好地形成自己的一套关于乐理的理解体系。

在上课日，每当我急匆匆横穿校园赶赴下一堂课时，都对即将上演的那一场新舞台剧怀抱着极大的兴趣和好奇。我想象着可能发生的剧情，憧憬着意外出现的花絮，期待着老师、同学和我自己在其中扮演的角色。

这，就是多姿多彩的哥大课堂。

信使

玫瑰大道上
蜂群飞舞，荆棘满布
送信的使者双手空空
在荒岛上跋涉

落英缤纷的日子
岛上白雪皑皑
森林深处，无名野兽的尸骨若隐若现
空气中飘散着蜂蜜的味道

城堡的主人
住在信使的内心深处
他双手空空
将河流对岸的野兽埋葬

山顶的积雪融成一道春水
流下山坡
信使高举野兽的头骨——
头骨上还插着带血的钝刀
信使蹚着水向山顶爬去
野蜂狂风般紧随其后

路过的秃鹫想——
那信使像个圣徒

山顶寒冷依旧
野蜂纷纷坠落
唯信使面不改色
他为自己送信
给城堡的主人
野兽的头骨是他的祭品

信使俯视山下——
森林茂密，雾凇晶莹
信使环顾周遭——

举目皆白，一无所有

信使放下头骨
拔出带血的钝刀
用它挖出自己的心
置于山顶

信使仰面大笑
——万籁俱寂，唯有积雪融化声
汩汩不绝

信使转身下山
步入森林深处
血尽而亡

秃鹰盘旋良久
终于降落山顶
啄心为食

过桥米线

云南过桥米线被端上桌时还冒着热气。这是我在纽约读书时日思夜想的美食，仅抿上一口便令我热泪盈眶。

米线闪着剔透的白色光泽，外表细腻滑嫩，散发着骨汤的浓香。细细咀嚼，米线的质地软糯却有韧性，平淡却又回味悠长。再加上油菜、木耳、豆芽、油豆腐、金针菇、火腿、鸡肉、蟹肉等经典的配菜，更是让人欲罢不能。

配菜里我最爱的是鹌鹑蛋。在刚刚盛好的米线里放入生鹌鹑蛋，蛋白在高温的汤水中不消半分钟便凝固了，可蛋黄却仍流动着，被一口吞下时仍只是半熟。微凉的蛋液和热腾腾的骨汤混合在一起，是一碗米线的画龙点睛之笔。

其实过桥米线最讲究的不是米线和配菜，而是骨汤。

骨汤是由猪骨、鸡、鸭一起熬制而成的，钙质溶化，把骨汤变成醇厚的奶白色。出锅的时候，骨汤表面还浮着一层金黄的油点。在传说中，正是由于这一层薄薄的浮油阻止了热气发散，那位发愤读书的秀才才能吃到妻子送来的热气腾腾的米线，而妻子在赶路途中要经过一座桥，秀才便将其命名为“过桥米线”。骨汤之于米线，就如妻子的爱之于秀才——表面波澜不惊，内里滚烫火热；看似不咸不淡，实则内涵丰富，回味悠长。

于是，这一碗不张扬、不夺目、含蓄质朴的过桥米线，便在我离家的日子里，紧紧地牵住了我的胃。

我想躺在床上浪费生命

我想躺在床上浪费生命——
像秋天的农夫
在金黄的田野里收割麦子
我在白色的海洋里
在秒针刻画出的无尽牢笼里
在你潮汐般的呼吸里
把一粒一粒的记忆拾起
填满我的谷仓
——我欣然接受季节的风
我躺在床上浪费生命

阿鲁加（原创歌曲）

A部-1

阿鲁加〇八年夏天出生

有兄妹四个

有妈妈一个

出生十天后她被扔出了家门

和妹妹乌拉

在人类的立交桥下

插部-1

她不懂妈妈为何突然不要她

蜷缩在桥下

又饿又害怕

她只想等妈妈来接她回家

直到身旁的乌拉

身体凉透了

B部-1

好大的世界
能装下成百上千亿生命的忧伤
却让彼此的悲剧无法相通
而渺小的我要被存在的重担压垮
几乎失去全身所有气力

A部-2

阿鲁加〇八年夏天加入我家
我们捡到她
在立交桥下
用一个纸箱把她载回家
她躲进沙发
还打翻了一盘牛奶

插部-2

阿鲁加从此有了一个家
一日两餐还有玩具
体重长到十五六斤
她偶尔还会想起妈妈和乌拉
只是已记不清
她们的模样

B部-2

好大的世界

小的是每个个体得到的生存空间

注定独居一隅的局限

好在我们还能用爱意相连

从此阿鲁加有了一个家

《现代教育报》"学在海外"专栏　之五

常青藤的"高压文化"

——光鲜外表下的黑色阴影

纽约的深秋碧空如洗，哥大校园里落满了美丽的黄叶。这天晚上，我正坐在人满为患的巴特勒图书馆三层的大阅览室里赶作业，屏幕上突然弹出一条提示。我收到了由哥伦比亚学院院长发出的一封邮件通告，在通告中，他确认了一个当天早些时候已经在媒体和微信群里流传开的坏消息——一名哥大本科生在宿舍楼的公共浴室里悬梁自尽了。

这位学生是亚裔，刚刚升入大二，与我同级。虽然与他并不相识，但我们学习、生活在同一个校园里，同属一所学院、一个年级。我环顾四周，大阅览室里

坐着上百个正在学习的学生。如果没有这个坏消息，他此刻是否也会坐在这里，同我们一样埋头苦读？

泪水让我的双眼变得模糊。我转过头，透过三楼高大的窗户，望向图书馆外那生机勃勃的校园。有一瞬间，我仿佛看到他的背影浮现在涌动着的人潮里——他正背着书包穿过大草坪。或许就在几天前，我们还在同一家学生餐厅吃早饭，在同一间礼堂上大课，在校园的某个角落相向而行、擦肩而过。那时的我或许看到了他沉重的书包，知道那里面和我的一样，都装着沉重的课本和笔记本电脑，但我不知道的是，他的心里背负着更为沉重却无法言说的压抑与绝望。我也绝不会想到，这个年轻的生命会就此陨落，永远失去再次行走在校园里、认识更多的同学、感受更多这个世界的美好的机会。

打开脸书、微信和邮箱，怀念和哀悼的信息如雪片般纷纷扬扬。他的生前好友发起了募捐行动，我立即捐出了二十美元。第二天，在微观经济学的课堂上，维戈特教授用低沉的语调请大家全体起立，默哀一分钟。这位逝去的同学曾经是维戈特教授的研究助理，是一位令教授引以为傲的优秀学生。

从网上的留言和教授的追思中，不难拼凑出逝者生前的形象——一个阳光、开朗的大男孩。他不仅成绩优异，担任着研究助理的工作，还是校园杂志的主编、多个学生社团的成员。不论从哪个角度来说，他都是一个可爱、优秀、前程似锦的年轻人。也正因如此，他的逝去令他的家人、朋友以及所有人都猝不及防。在最初的震惊和悲痛过去后，每个人都在问："为什么？"

我也一样。哀恸过后，这一发生在身边的悲剧也让我开始反思。事实上，学生自杀事件在哥大和其他常青藤大学并不是什么稀罕事，而"阳光、开朗、优秀"往往是这些自杀的学生留给人们的共同印象。以常青藤院校为代表的美国大学所推崇的"精英教育"，看起来光鲜亮丽，但在其外表下，黑色的阴影一直若隐若现。

这到底是为什么？

作为全美学业压力排名第一的大学，哥大校园里高压文化（stress culture）盛行，学生之间的竞争十分激烈。考入哥大的学生大多志向高远、追求完美，其对于自我的要求很严苛，无论是拿平均学分绩点、找实习、作研究，还是参加社团活动、社交活动，大家对自己的要求都到了近乎苛刻的地步。虽然每个学生的兴趣方向和生活方式不尽相同，但大都有一个共同的目标——成功。至于怎样才算是“成功”，每个人都有不同的理解，但每个人都在为自己定义的“成功”而全力以赴。

一个看起来有些夸张的例子就发生在上周，发生在我身边。当时图书馆里突然响起了火警警报，我吃了一惊，抬头张望，发现大多数学生居然都不为所动，仍稳如磐石地端坐在原位上，争分夺秒地埋头用功，只有少数几个学生站起来走了出去。我内心纠结了几分钟，才终于下定决心，收拾书包离开了图书馆。过了一会儿，警报解除了，我又背着书包回来，却沮丧地发现阅览室里已经没有空座位了。

脸书上有一个常青藤学生的“吐槽群”，群里曾经盛传的一张漫画准确地反映了学生们的日常状态：那是一张维恩图，三个圆圈分别代表“学术”“社交”“睡眠”。下面配的文字写着：“你只能选择其中两项。”事实是，面对高强度的学业压力和快节奏的生活方式，大多数学生会毫不犹豫地选择牺牲掉最后一项——睡眠。

只要是工作日，每天午夜时

分，哥大图书馆里都灯火通明。学生们一边猛灌着咖啡，一边赶着论文或做着项目。如果实在太困怎么办？一个对熬通宵深有心得的同学曾经向我传授秘诀——困得不行了，就设定一个半小时的闹钟，趴在桌上小眯一觉，闹钟一响，即可满血复活、焕然一新，从而继续投入战斗。后来，在最忙碌的某一晚，我曾尝试将这一秘诀付诸实践，可惜因为身体太过疲惫，完全没有听到闹钟的振动，一觉睡到了天亮，期待中的通宵战斗也遗憾地以失败告终。

印象最深的还是上学期的期末考试。在考完第一科之后，我有一天的时间备战接下来的两科连考——微观经济学和宏观经济学。如何安排复习顺序？对我来说，宏观经济学的难度更大一些，但我手头的复习资料很少，只有讲义和笔记；微观经济学则提供了几套复习题，做学生的都知道，做题是最便捷有效的复习方式了，于是我决定先复习微观经济学。

我吃过早饭，在宿舍楼公共客厅的一张桌子前安顿好自己，然后开工。我一边做题一边重温概念，很快进入忘我的状态，直到复习结束才发现夜幕早已低垂，已是晚上九点。我简单吃了点儿东西，冲了杯咖啡，然后摊开宏观经济学的讲义，开始复习。基于多年养成的已固化的学习习惯，我并没有因为时间已经很晚而草草过一遍了事，而是从第一页开始细致复习，在彻底弄懂每一个宏观模型和名词的含义后才往下进行。很显然，这并不是一个明智的战略性选择，但我知道，如果再遇到类似的情况，我仍然会按照我自己认可的节奏和方式去做。

就这样，复习到凌晨两点，进度刚刚过半。此刻，累积了多时的心理压力终于到了爆发点，我一个人坐在空荡荡的公共客厅里，面对着厚厚的讲义开始哭泣。但即便是哭泣也不能占用宝贵的时间，我一边抹着眼泪一边继续复习，直到清晨五点才合上笔记本。此时窗外天光已微亮，我回到宿舍，在昏睡过去之前勉强设好了七点的闹钟。然后，好像刚刚合上眼皮，闹钟就响了。我艰难地爬起来，匆匆出门，赶在考试开始前去餐厅接了一满杯咖啡，靠着这杯黑咖啡撑过了接下来连续进行的两场考试。

幸运的是，这两场考试都顺利过关了，特别是在宏观经济学的考场上，我感觉如有神助——几小时前刚理解透彻的概念像鲜活的鱼群一样争先恐后地跃出脑海，我在试卷上纵横驰骋，运笔如飞。

虽然这两科最后分别拿到了A和A+，但是我心里很清楚，好的绩点可不是靠熬一个通宵或者灌一杯黑咖啡就能取得的，需要自始至终坚持高标准，以及由此作出的可能把人一次次逼到崩溃边缘的选择。

从上哥大的第一天起，我就不得不学习如何纾解压力。对大多数同学，特别是美国同学来说，工作日的晚上属于图书馆，周末的晚上则属于派对。许多人在周末会选择在某个兄弟会（fraternity）组织的派对上一醉方休，因为社交是大学生活不可或缺的组成部分，同时也是大学生释放压力的重要出口之一。

我生性喜静，几乎没参加过“喝酒趴”，但我有自己排遣压力的方式。方式之一是周末的短暂逃离——约上一两个同学，坐地铁1号线往下城方向走，66街林肯中心、59街哥伦布圆环、42街时代广场和百老汇，哪一站都好，只要能离开哥大校园，汇入下城的人潮中。而另一些时候，我会呆坐在巴特勒图书馆里，任思维自由地飞舞，脱离图书馆沉闷的氛围，进入独属于我的世界。一些旋律或诗句会慢慢在脑海里浮现，然后我会打开笔记本，把这个为了逃避现实而虚构出来的

世界记录下来。混入人群，或是躲进内心，这两件事并不矛盾，它们都给我以喘息的机会，是我逐渐学会的与压力共存的方式。

来到哥大以后，我很快发现，进入常青藤学府，不代表你是什么“精英”，更谈不上什么“人生赢家”。事实恰恰相反，“焦虑”如同浓雾一般弥漫在校园的每一个角落。无论你多么努力，总能找到比你更勤奋、更有天赋、更优秀的同侪。在结束了一天的辛苦与忙碌之后，你终于能躺倒在床上，却仍要在紧闭的眼帘之后被迫与自己的存在主义危机对峙，然后不得不沮丧地承认，未来仍旧虚无缥缈，而多数时候的自己仍旧只是人云亦云。

大学到底应该培养什么样的“人才”？社会到底需要什么样的“精英”？人生到底需要什么样的“成功”？我们好像一直在向上攀登，为了未来某天能够实现某个目标而拼尽全力，与此同时，却必须每时每刻与焦虑同行。越是看似强大的个体，往往越是有着一颗脆弱的心。如果年轻人变成了单纯完成目标的机器，而失去了感受生活、感受快乐的能力，这样的教育又怎么能算得上是成功的教育呢？我相信，这是我和很多学生心里越画越大的问号，也是以常青藤院校为代表的美国大学教育体系亟待破解的困局。

一个年轻的生命过早地凋零了，生活还将继续。校园里依旧阳光耀眼、生机

勃勃，但如果你在不经意间停下脚步，侧耳倾听，或许会听到一些窸窸窣窣的细碎声响，从那些阳光照不到的角落、那些黑色的阴影里发出来——那是众多正在经历内心煎熬的年轻的灵魂，正在痛苦中呻吟和求救啊！

魂灵

纽约，暴风雪。我在图书馆，一如往常。

天空是母亲
大地是冥界
中间的路程叫作死亡
雪是短命的王子
还未落地就进了坟墓
打碎在玻璃上
像散落的钻石
可那上面什么都没有
只有即将蒸发的魂灵

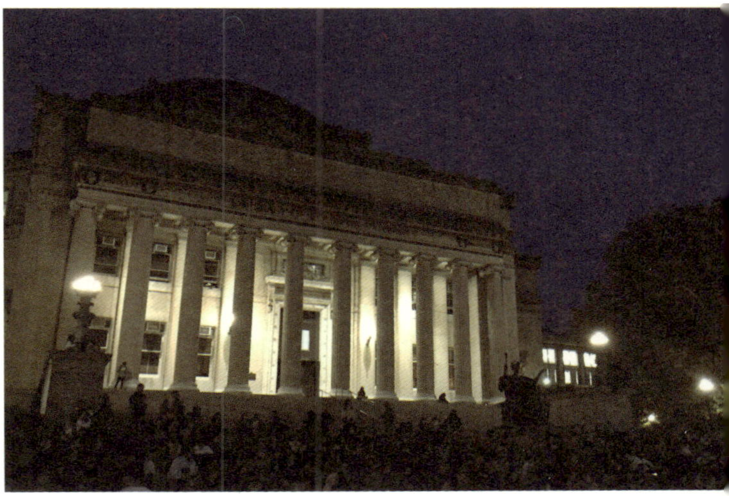

掘墓人

落叶归根
花瓣随风飘洒
我被埋葬在
澄黄的雪花之下
掘墓人
你埋葬我的样子
快乐而单纯
现在是凌晨一点三十分
我刚刚
死了一部分

青春

——《启航》第33期后记

2014年夏天，我结束了在三帆中学难忘的初中生活；2017年夏天，我从北京师范大学附属实验中学国际部毕业，进入美国哥伦比亚大学就读。第一个大学学期结束，趁着放寒假回家，我回到母校三帆中学看望老师们。和几位老师聊天时，我们一致的感慨是："时间过得太快了！"

那是记忆中最好的时光。怀念放学后约上三两好友打羽毛球直到太阳西斜的惬意；怀念把《学探诊》藏在桌斗里，和同桌比赛谁最快写完作业的幼稚；怀念晚上在QQ班群里一边闲聊一边讨论数学竞赛题的愉悦。转眼三年过去，我进入大学学习，也对自己的目标有了更为清晰的认识。

哥大要求大一学生必须修一门西方文学课，即西方经典文学。这是一个二十人的小班课，虽然上课的主要形式是课堂讨论，但教授的作用却尤为重要。教授不但需要提出有价值的讨论主题，更需要针对学生不够连贯的发言提炼重点、承上启下，引导学生得出自己的结论。因此，看似学生是课堂的主角，其实教授才是事实上的核心。

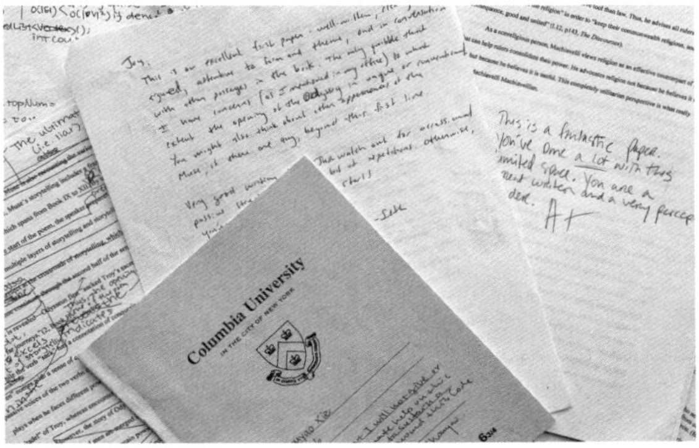

我的西方经典文学教授人

到中年，戴一副黑框眼镜，主攻西班牙现代文学。他酷爱步行和骑行，热衷于周末时穿梭在曼哈顿的大街小巷，也鼓励我们分享外出游玩的经历。在课堂上，他是一位非常有魅力的老师，言辞犀利，处事机敏，擅长穿针引线，不露声色地引导我们拓展不同的思考角度。在课堂讨论正酣时，他说得高兴，常常一把脱掉自己的毛衣，一边随手塞进皮包，一边继续高谈阔论。

我一直惊叹于他的博闻强识，直到一次教师答疑时走进了他的办公室。小小的房间布置得很温馨，坐在桌后可以透过前面的窗户俯瞰街道。让我印象深刻的是办公桌两侧贴墙摆放的书架——黑色的铁质书架顶天立地，占满了两面墙，每层架子上都密密麻麻挤满了书，挤不下的只能横着塞进书顶的空隙。跟教授聊到我下一篇小论文的思路时，他伸手从书架上抽出一本书，随手翻到其中一页，指着上面的批注就向我讲解起他的观点来。

那时，我才明白了他在课堂上的风采究竟从何而来。

回三帆中学看望老师的时候，我顺便把自己新出版的诗集《灯火》送给各位老师。一进曾老师的办公室，一股浓郁的花香扑面而来。办公桌上、柜子上、地

上摆满了花，有盆栽的鲜花，有插瓶的干花，还有挂在桌边的田园风的花环。舒缓的古典音乐声里，曾老师泡上一壶茶，我们在花丛中闲闲叙旧。在目下节奏紧迫的北京城里，这小小的方寸之地颇具世外桃源的气息。

曾老师遗憾地告诉我，她这个学期开了插花课，但因为课时太有限，没能教给学生们太多插花的技法。可我想，即便只有寥寥的几节选修课，也能在学业压力的空隙里，传递给少年们一种感受美好的能力，和精致生活的态度。其实，生活中一点一滴的美好，就隐藏在一簇紫色的康乃馨、一杯淡淡的绿茶、一首舒缓的钢琴曲中。

青春的时光是如此的美好，但青春不是少年们的专利，不是一个由年龄定义、由岁月限制的概念。只要怀揣着对未知的渴望和对生活的热爱，便拥有了感受美好、创造美好的能力。

便可以永葆青春。

小小的事情（原创歌曲）

A部-1

暴雨来临前大多乌云压很低
没关系，进屋等雨停
雨过天晴，天空蔚蓝得很彻底
带上我的尤克里里去远行

B部-1

为了小小的事情而开心
为了小小的事情而伤心
其他琐碎的事情
不关心也不在意
为这一刻的快乐而欢喜

A部-2

越长大越怀念
童年的木马
还有曾经的那个他

遗憾吗，后悔过吗

都已成笑话

弹起尤克里里此刻是当下

B部-2

为了小小的事情而担心

为了小小的事情而关心

好多讨厌的事情

不关心也不在意

为这一刻的快乐而欢喜

《现代教育报》"学在海外"专栏　之六

期末阅读周的奇葩传统

几年前还是中学生的时候，我去波士顿旅游，参观了哈佛大学。记得当时的导游是一名大学生志愿者，名字叫简（Jane），她对哈佛的历史和趣闻了如指掌，从校门的建造过程到与耶鲁的百年争锋，一路上侃侃而谈。时至今日，她所娓娓道来的内容我大多已淡忘，唯有一点依然记忆犹新，那就是哈佛大学的"原始尖叫"（Primal Scream，哈佛大学期末考试前的一种解压活动，此处为直译）。

"原始尖叫"是哈佛大学的传统之一，在每学期期末考试开始的前一天由学生自发举行。当天午夜十二点，学生们会在哈佛大院聚集，并绕院裸奔一圈。即使是在十二月底，麻省的气温已经低至零下时，也照旧裸奔不误。

事实上，哈佛并不是唯一一所用奇怪的方式迎接期末考试的美国大学。在期末考试前夜，哥伦比亚大学也有着由学生自发举办的"有机化学之夜"（Orgo Night）传统活动。

“有机化学”指的是固定在“期末周”（final week）第一天举行考试的有机化学课。有机化学的难度非常大，同时又是所有医学预科生必修的基础课，因此在考试前一晚，不少学生会在哥大的主图书馆——巴特勒图书馆彻夜不眠，通宵复习。据说，“有机化学之夜”最初的目的，便是试图阻挠这些考前突击复习的学生，从而达到拉低班级平均分的目的——在美国大学的打分制度中，班级平均分的拉低意味着个人成绩的提升。

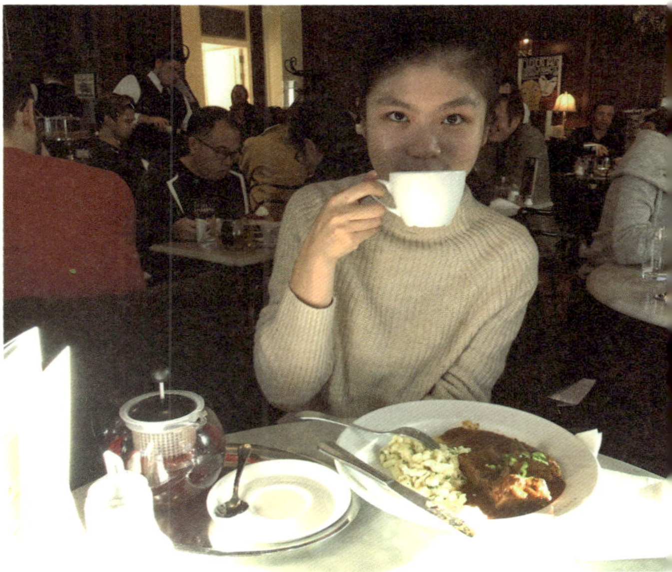

在有机化学考试前夜的十二点整，哥大仪仗队会列队进入巴特勒图书馆的主阅读室，举行长达半小时的音乐演奏。在那之后，围观的学生们会簇拥着仪仗队沿主校区宿舍楼游行一周，而这期间，巨大的奏乐声和喧哗声能够完美中断所有学生的复习，或者干扰他们的睡眠。

演化至今，这个原本只针对有机化学课学生的小小恶作剧已经发展成一场声势浩大的校级庆典。午夜来临前半小时，学生们就会陆续涌入巴特勒图书馆提前占座；到了十二点整，当仪仗队正式登场的时候，主阅读室早已被围得水泄不通。这项黑色幽默式的活动与哈佛大学的裸奔一样，不仅表达了大学生们对校园竞争文化和应试压力的反叛，更代表着复习周的结束，和大家“终于解放啦”的心情。

遗憾的是，在哥大读书期间，我从来没有亲眼目睹过“有机化学之夜”的盛况。记得大二的一个期末，我在巴特勒图书馆复习备考，临近午夜时分，眼看着拥入的人越来越多，我内心纠结了片刻，还是决定撤离此地，回宿舍继续复习。

因为第二天有考试，我不希望参与“有机化学之夜”占用我的复习时间，也担心参与活动会导致过度兴奋，影响当晚的睡眠。

现在想想，类似的选择在我的大学生涯中有很多。大学的头两年，我还没有跳脱出从小就习以为常的学生思维，总觉得参加活动有种负罪感，因为活动会“浪费”可以用来学习的时间。其实回头看，当年考的什么科目、最终成绩如何，我早已不记得了，但为了学习和备考而错过的那些活动，却至今记忆犹新。倒不是说我后悔自己当初的选择，毕竟我付出的时间和精力，最后变成了GPA 4.0的满分绩点，对此我依旧引以为傲。只是随着自己的成长，我越来越意识到没有哪个选择是错的或是不好的，每一个选择都只是你在作选择那个时刻的优先级排序的真实反映而已。

这让我进而联想到，我们在生活中的选择与两个参数有关：利用参数和探索参数。当利用参数比较高的时候，我们更可能待在自己的舒适圈里，重复熟悉的行为模式；当探索参数较高的时候，我们会更愿意去发掘新的想法和活动。用计算机理论来阐述的话，这是一个包含两个状态的概率有限状态机，两个状态间

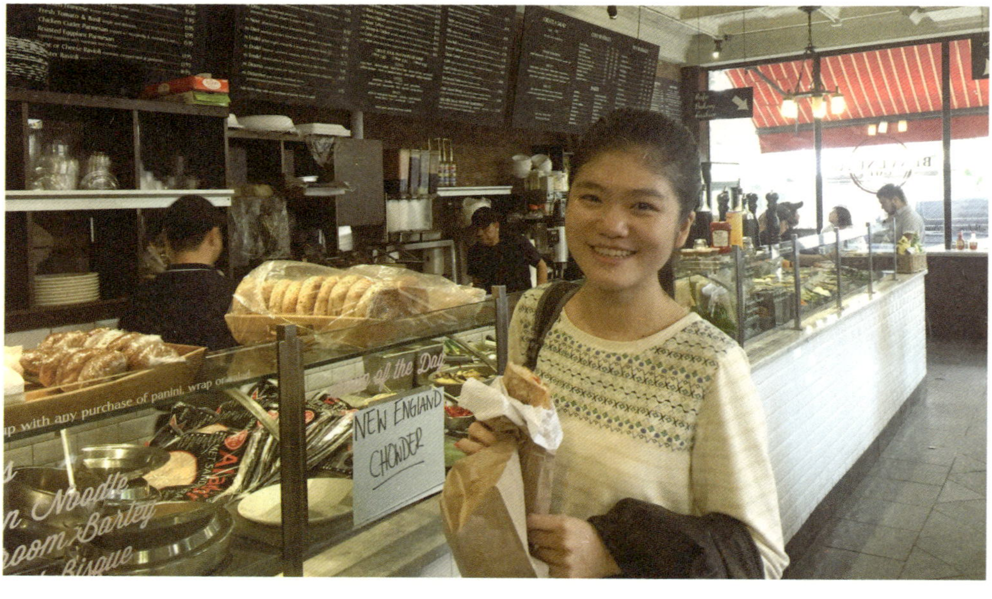

存在一定的转换概率。当然，参数本身不是常量，而是关于时间的函数。某些时候，比如当我们心情很好或比较空闲的时候，我们会很乐于去探索一家新的餐厅、一杯新口味奶茶，或参与一项新的活动。相反的，当压力较大的时候，比如期末考试之前，我们会更容易进入利用状态。

在很多美国大学里，期末周之前的一周被称为“阅读周”，也即考前的停课复习周。对我来说，阅读周大概是我每学期利用参数最高的时间段。由于在这一周里，学生们几乎都会遭遇压力飙升、严重缺觉、拖延症发作等问题，阅读周也被学生们戏称为“死亡周”或“地狱周”。

也正因如此，很多美国大学会在阅读周的最后一天举办形形色色看上去匪夷所思的活动，以此庆祝“人间地狱”的结束。比如，斯沃斯莫尔学院、西北大学、密歇根州立大学等众多学校都有“午夜尖叫”的传统；而哈佛大学的“午夜裸奔”也同样盛行于加州大学戴维斯分校和宾州州立大学；犹他大学一名学生发明了一种“哭泣小屋”，并将其摆放在图书馆里，为处于情绪崩溃边缘的学生提供痛哭一场的私密空间。这些看似奇葩的传统，都是学生自创的应对策略，是极端但有效的减压方式。

除此之外，我相信每个人都有自己的期末减压小秘诀。比如我，我的减压方式很简单，只有一个字：吃。在阅读周和期末周这两周的时间里，我几乎每天都从早到晚泡在巴特勒图书馆里，其间我会至少奖励自己三次中间休息（study breaks），有时去三层的咖啡厅吃酸奶杯、水果杯、布朗尼、热巧、杏仁可颂、奥利奥；有时去餐厅吃满满两盘烤鸡肉、意大利饺子、烤香蕉和沙拉，当然这还不够，还得再去甜品柜来上一块红丝绒蛋糕或蓝莓芝士蛋糕，临走再要一块巧克力曲奇带回去慢慢吃。晚上离开巴特勒图书馆时，顺路拐去勒纳礼堂的咖啡厅买杯香草奶茶或榛子奶茶，或去街对面的超市买点儿酸奶和水果作夜宵。

在期末的这两周时间里，我好像既欠缺饥饿感，也没有饱腹感，想吃东西只是为了满足某种奇怪的心理需要。这种症状有个简单易懂的名字：压力性进食

（Stress Eat），专门指压力之下暴饮暴食的行为。这是人类在百万年前就进化形成的生理反应——因为高脂肪、高糖的食物能够帮助身体储存热量，所以每当吃到这些食物时，我们的大脑会自动触发生成多巴胺的按钮，让我们产生愉悦感，以此来形成奖励机制，鼓励我们多食用这类食物，以提高生存概率。当然，现在这些食物都已经被列入“不健康食品”的黑名单了，不过，虽然明知对我的健康没什么好处，但在“压力山大”的时候，似乎只有这种原始本能驱动下的愉悦感，能像奶油涂抹在皴裂的皮肤上一样，最有效地抚慰我那精疲力竭的大脑和濒临崩溃的心脏。

下一个期末，复习到凌晨的你实在忍无可忍了？那就打开窗户，向着冷峻的夜空嘶吼，或是打开冰箱，取出一杯事先藏好留给最需要时刻的冰激凌吧，让它们助你熬过这段最后的黑暗，看美丽的曙光照亮下一个黎明！

不能回头

夜幕降临后
巨兽崛起
昏黄灯火如符咒般点缀
庞大的建筑
暗影笼罩一切

背后的脚步声不曾停息

送信的使者

喜欢跟在人们身后

如果回头

我将顷刻化作盐柱

冬夜（原创歌曲）

A部

当我走着夜晚的路

城市变得更清楚

黄色的灯，摇曳的树

藏身在冬天的雾

B部

When the sky turns darker

And the wind blows hard

I let my finger quiver

And look into the cold and frosting dark

And how I wish to be with you

My constant sweetness, my warm guardian

On such a night I think of you

And I hear the world is telling me that

I love you

读《挪威的森林》

——写于开学前北京飞往纽约的航班上

从北京飞到纽约需要十二个小时零四十分钟。前六个小时，我离家越来越远；后六个小时，我离学校越来越近。

于我而言，这段飞行似乎已经脱离了其物理含义，从单纯的距离上的跨越变成了人生状态的转换。北京和纽约为我提供了两种几乎相反的生活。一种是惬意而悠然的，另一种则是紧张而冒险的。身在其中的我，除努力调整节奏之外，似乎别无选择。

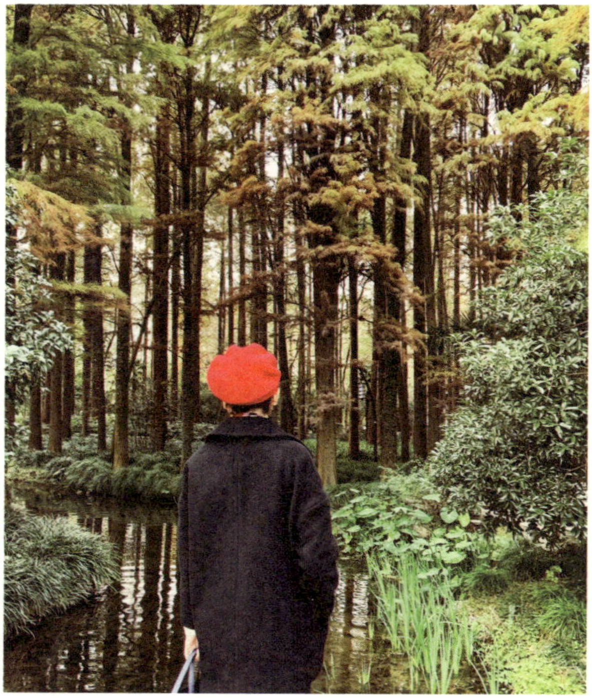

从去年八月开始，我已经在这两个城市之间飞了五次，每次航程都奇妙不已。飞机上的空间无疑是陌生、狭小、闭塞的，可它却像一条时光通道一样，连接起两个截然不同的世界。

我不是那种上了飞机倒头便睡的人，又因为有晕机的毛病，实在找不到什么事情打发时间。睁着眼睛无所事事的时候，我总是在胡思乱想：在这两个世界里，我究竟占据了怎样的位置？我算是个导演，还是个演员？如果我只是个演员的话，我在其中扮演了相同的还是不同的角色？类似的问题在我脑子里转来转去。我有多渴望答案，就有多一无所获。

前六个小时的飞行已经足够我断断续续地看完《挪威的森林》。这本书把青春和死亡塞进了同一个故事中，看似对立的主题却产生了奇妙的化学反应。主要人物渡边、直子和绿子都是二十岁上下的年纪，本该享受着无忧无虑的大学生活，却屡屡遭逢身边人的离世。渡边的朋友自杀，直子的姐姐和恋人相继自杀，绿子的母亲和父亲接连病逝。这些不幸的插曲为他们的人生定下悲伤的基调，让主人公渡边如同一个局外人一样，无法融入周围众人形成的幸福氛围中。

这样的设置虽似戏剧般残酷，但却无比贴近现实。我今年十九岁，和故事发生时的渡边一样大。像他一样，在过去的一年中我经历了许多所谓成长的“阵痛”，对于死亡与苦难的恐惧形成了静默的阴影，日积月累之下甚至一度令我失去了直面未来的勇气。可是，看看渡边那悲伤却平静的描述吧，原来无论何事降临，我们都能够应对，或者说，我们都必须应对。

飞机即将降落，舷窗的遮阳板被拉开，显露出一方小小的天空，淡蓝色的背景衬着一抹柔美的粉色云霞。虽一时间辨不出是朝霞还是晚霞，但心情顿时大好。

聚会

——听 *Death and All His Friends* 有感

清冷佳宴已散

凉风穿堂

落叶飞旋

与世界共舞

是死亡的分界

明天又是新的一天

絮语喃喃

萤火虫聚集

水滴汇成江海

阳光打破静止空气

写满故事结局

凝固

——听 *Rachmaninoff Prelude in G Flat Major* 有感

清晨的空气微甜

阳光冷冽

降雪概率升至百分之四十

乌云聚集在

落叶盘旋的街道上空

乌鸦在出租车上歇脚

成双的人依旧孤独

《现代教育报》“学在海外”专栏　之七

一名本科生的一天

纽约的十月已经有了些初冬的感觉。随着太阳慢慢从地平线上升起，日光从百叶窗的缝隙中泻进我的单人宿舍。作为本科生的普通而充实的一天就这样开始了——

7:45——闹钟响起。

今天是周一，我有四门课要上，其中两门课要进行期中考试。在经历了“拒绝承认今天是周一”“幻想早八的课可能取消了”“盘算再睡五分钟是不是还来得及”“戳开手机屏幕发现已经过了五分钟了”等一系列“早起综合征”症状后，我终于挣扎着爬下了床。

8:10——下楼，前往街对面的学生餐厅吃早餐。

如果时间充裕一些的话，我会排队叫一份现点现做的炒蛋，再用立顿茶包和牛奶做一杯自制奶茶。但是今天必须分秒必争——只有一刻钟的时间留给早餐，然后就要赶去参加第一门考试了。我飞快地给自己冲了一杯蜂蜜水，又抓过一个再生纸的纸盘，胡乱盛了一些炒蛋、炸土豆块和松饼。餐厅的自助早餐口感一般，炒蛋分两种：一种呈现出似熟未熟、基本不成形的浅黄色，另一种则外层已结成硬壳，吃起来有些柴，像是厨师忘了翻炒，也可能是头天剩下的隔夜菜。松饼则做成了夹蓝莓酱的卷饼，算是早餐中的亮点，可惜名不副实，本应口感松软的“松饼”已经硬成了稻香村里卖的自来红月饼，塑料刀叉根本无法动其分毫。当然，当你饥肠辘辘且只剩下五分钟的时候，是没有资格发表美食评论的。我扔掉刀叉直接上手，狼吞虎咽般吃下了松饼，然后背起书包直奔考场。

8:40——天文学的期中考试开始了。

哥大的核心课程体系要求文理学院的每名学生至少修两门科学课程，其中一门必须属于自然科学领域。因此，这学期我选了一门入门级的天文学课——恒星、星系与宇宙学。教这门课的是一位和蔼可亲的老教授，他已经连续教了十年这门基础课，能够深入浅出地讲解量子物理、能级跃迁之类的复杂概念。因为是入门课，主要以概念理解为主，所以考试也比较简单，没有计算题也没有证明题，所有题目都是选择题或简答题，学生被要求画出一个行星光谱，或者解释什么是椭圆星系、为什么年轻的行星含有更多金属元素。因为考前准备充分，大约四十分钟我就做完了试卷，在剩下的时间里开始神游物外。

在我心目中，对天文学的研究是一门科学，也是一种诗意的浪漫。秋假的时候，我在距离纽约三小时火车车程的国

家森林公园里看星星，用手机上的星座App对准天空，寻找射手座、金牛座的位置。星座寄托着古时候人们对于宇宙的美好想象，但随着现代科技的发展，人们对星座的痴迷不减反增，甚至每个人都拥有了属于自己的星座。其实，很多关于宇宙的问题——宇宙的起源是什么？宇宙的终极是什么？宇宙是无穷的吗？——都是我们对人类存在的自问。这些是小时候的我最爱思考的问题，因此，学习天文学这门课称得上我的圆梦之旅。

“当你望向宇宙的时候，其实在望向时空，而非空间。”那个晚上，看星星的时候，我脑海里闪现出天文学教授的这句话。我看着点缀在黑色夜幕上的一颗颗亮晶晶的钻石，它们看上去很静，离我们很近。在万籁俱寂的夜晚，耳畔只有穿过森林的微风的低吟，我只能在脑海中想象那些恒星燃烧的壮丽与灿烂。对于那些数百光年之外的恒星，我看到的其实已经是几百年前的它们了。而那些银河系外的广袤星云，它们都经历了什么？它们现在还在吗？这些问题，我们或许需要再等待几十万年、几百万年才能回答。而那时，地球又经历了什么？还在吗？“人生代代无穷已，江月年年只相似”。我在夜里仰望宇宙感受到的神秘的气息与敬畏的心情，应该是从古至今无数仰望星空的人们的共同情感吧。

10:00——第一门考试结束。

天文学考试交卷后，我径直前往巴特勒图书馆，为今天下午的第二门期中考做准备。巴特勒图书馆有六层，每层都有两三个大小不一的阅读室。在这里待久了，我开始觉得每个阅读室都有与众不同的性格，以匹配学生们不同的心情与需求。比方说，三层侧面的阅读室有一个小小的夹层，私密性最好，适合泛读和发呆；而中央大厅则金碧辉煌，座位常常爆满，有着高专注度的群体学习氛围。我需要尽快进入考前突击复习的状态，于是我走进中央大厅，找到一个空座位坐下，打开了笔记本电脑。

11:15——午餐时间。

因为中午还有一门课要上，我不得不在十一点就结束了为时一个小时的复习，然后赶去自助餐厅吃了一个简单的午餐。

11:40——中午的企业金融课开始了。

这门课是哥大商学院开的，教授是一个年轻的瘦瘦高高的法国人。这是我在哥大上过的为数不多的以实践为主的课程，课程总体上旨在回答一个问题——如何给一家公司估值。它的作业分为个人作业和小组项目，内容大部分是案例分析，要求学生运用课上讲的各种方法为案例中的公司估值。虽然这门课的理论内容比较简单，但很多计算过程操作起来相当烦琐，因此需要用不同的案例反复练习。

12:25——偷懒时间。

虽然学习如何为公司估值很有意思，但午后的困意袭来，我还是忍不住在课上打了一个五分钟的小盹。虽然在课堂上打盹会有漏掉老师讲的重要内容的风险，但总体来说还是值得的，这五分钟的空白让我的大脑得到了喘息之机，它又变得清晰和活跃起来。

13:10——我及时从企业金融课的教室赶到了线性回归模型课的教室。

今天的第二门期中考开始了。线性回归模型是统计系的一门必修课，教授的教学方法非常独特：他认为数据科学需要在数学、模型、编程这三个维度之间来回转换，因此每讲到一个性质时他都会指导我们用代码去证实它。他还强调，在统计学里不存在绝对正确的模型（为了加深我们的印象，他特意把期中考试文件的密码设成了“allmodelsarewrong”，也就是“所有模型都是错的”）。因此，这门课的作业和考试也都没有标准答案，只要我们能提出自己的想法并且自圆其说就可以了。但是，也正因如此，这门课成了我本学期最有挑战性的一门课。教授的反传统教学方式意味着传统应试技巧的失效，我也由此发现，原来我并没有真正理解自以为已经烂熟于心的线性回归。还好，我赶在交卷时间到来之前完成了答卷。

14:40——终于轮到了今天的最后一门课，也是我最喜欢的一门课：西方经典音乐。

这也是哥大核心课程体系的一门课，旨在用一个学期的时间厘清西方音乐史脉络，主题从最早的中世纪宗教音乐到20世纪爵士乐，几乎无所不包。今天这节课的主题是以莫扎特《费加罗的婚礼》为案例的启蒙运动时期的歌剧。

西方经典音乐给我最大的启发有两点。首先，它帮助我学会如何与他人讨论一首音乐作品。在课堂上，教授会先播放一遍今天要讲的曲子，然后问大家：“听完这首歌，你的感受是什么？”这是个完全开放性的问题，因此大家的回答也会从歌曲的情绪、旋律的变化、配器的特点、歌唱的方法等各个方面切入。我一般会比较关注歌曲旋律与和声走向，但有时就会错过一些别的有趣的点，比如歌词与旋律的对应（专业名称是“绘词法”，英文为word painting），乃至歌剧演员的演出服装与面部表情等。

讨论结束后，教授会带领大家讨论一些作品创作时的社会背景，而这些讨论常常给我更深的启发。我觉得，古典音乐让大多数人觉得有些遥远，是因为我们听莫扎特、肖邦的时候，往往只是在听音乐本身，而对其所诞生的背景知之甚

少。他们是音乐教科书和百科词典里的名字，是被奉上神坛的伟大艺术家，我们容易把他们的作品看作曲高和寡的阳春白雪，远离普通人的日常生活。其实，在成为艺术家之前，他们有的是靠巡回表演谋生的艺人，有的是教堂的琴师或钢琴教师，有的是剧院的投资人，他们的很多创作不是为艺术而艺术，而是为了吸引更多的听众，博取成名的机会。在西方经典音乐短短七十五分钟的课上，我们在教授的带领下穿越百年时空，去往德国莱比锡的齐默尔曼咖啡厅，欣赏巴赫每周在那里举办的公开表演；或是追随李斯特的巡演走遍19世纪40年代的欧洲，看他如何以高超的琴技和明星般的个人魅力让无数观众陷入痴狂。应该说，在古典音乐日渐式微的今天，透过这门课的小小窗口，我得以一窥它曾经的辉煌，也由此改变了之前对它片面的看法。

18:00——吃过晚饭，我又一次来到巴特勒图书馆。

这次我径直上到三层，在最大的一间阅读室坐下，开始给《现代教育报》写这篇稿子。此时，偌大的阅读室已几近满座，寂静中只有细微的翻阅书页的沙沙声和敲击键盘的嗒嗒声。

23:00——我背起书包走出图书馆，在微凉的夜色里慢慢走回宿舍楼。

回头望去，巴特勒图书馆依然灯火通明。对于我，以及哥大的五千多名本科生来说，这是即将结束的一个上课日，是平凡而充实的一天。

钟声

华灯初上
炊烟和云朵笼罩斜阳
我关着窗
感觉到教堂的钟声敲响

初夏的第一天

学生公寓门前，石椅上

这是初夏的第一天

我们的祖先属于花果和树木
我们也属于花果和树木
不属于房屋

我们都喜欢在草坪上躺倒
篝火旁闲聊
走在路上尽情地歌唱
我们都喜欢闻
带树叶和露水味道的空气
当微风拂过皮肤
和所爱之人在花瓣下接吻
——夏夜里，我们都喜欢
光着臂膀，光着脚

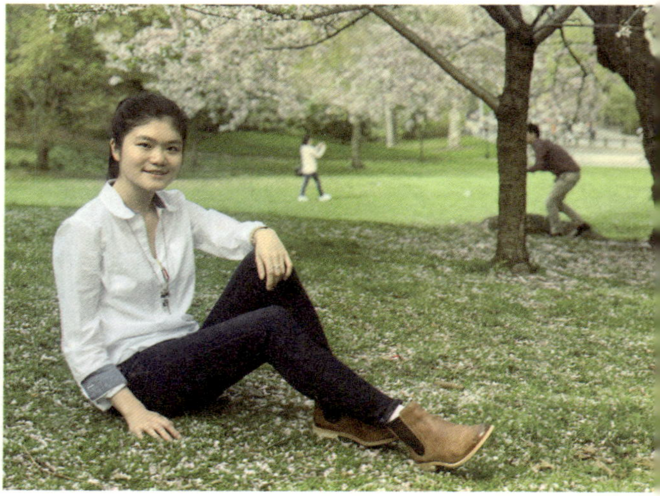

倚入风的怀抱

这是初夏的第一天
我能想象到的日子里
这是最好的一天

极限冰岛

安排春假去冰岛旅行的行程时，我们在一家叫作“极限冰岛”（Extreme Iceland）的网站上预订旅行团。而在旅行结束之后，我才深切体会到这家网站名字的含义：用“极端的”（extreme）这个词来形容冰岛真是再贴切不过了。

从任何形式来讲，冰岛的环境都是极端的。

冰岛人有一句笑谈：“如果你不喜欢冰岛的天气，只需要等5分钟。”这里天气变化无常，大风、大雪、大雨、冰雹轮番上阵，5分钟一变。不变的是，多数时候这里的天空都阴云密布。往往几分钟前还风平浪静，转瞬间就下起了暴风雪，打个小盹儿后，又发现雪已经停了，只有地面上厚厚的积雪提示着刚刚结束的插曲。

在冰岛待了7天，我只在第三天见到了春天该有的蓝天、白云、阳光——如果你忽略掉在那难得的晴朗中穿插的十余次雨和雪的话。当天，我们的冰岛导游阿伦开着小巴士，不顾道路岔口标牌上鲜红的警告（WARNING）字样，带领我们拐入了一条颠簸的岔路。岔路尽头是陆地和冰川的交界处。我们爬上铺满火山灰的山丘，远眺淡蓝色的冰川。这时，太阳从乌云的缝隙里探出头，大片的雪花纷纷扬扬地飘落，眼尖的游客在冰川之上发现了半抹彩虹的尾巴。我被如此奇异的景象震撼，在回程的路上发了一条朋友圈，配文为“冰岛是一个晴着天、飘着雪、冰川尽头升起一道彩虹的地方”。

冰岛的地形地貌同样极端。除沿海岸线的窄窄一条陆地勉强可供人类居住外，其余都是陡峭的山峰和占国土总面积约11%的冰川。因此，冰岛的城市（以中国的标准来看，它们按大小被称作“小镇”可能更合适）多数分布在南部海岸，少数分布在北部海岸，而中部始终荒无人烟。

位于西南端的雷克雅未克是冰岛的首都，也是冰岛最大的城市。这里生活着约12万居民，超过冰岛总人口的三分之一。与标准的欧洲城市一样，雷克雅未克围绕教堂而建，住宅和商铺大都是两三层高的建筑，紧密地沿着街道排布。但雷克雅未克并不仅仅是一座传统的欧洲老城，越来越多的酒店和写字楼选址于老城的边缘，在那里可以看到许多拔地而起的现代化的高层建筑。

特殊的地理环境，让你在冰岛鲜见一望无际的平原。驱车行驶在沿南海岸线的一号公路上，最常见的景观是远处连绵不断的雪山、融雪汇成的一条条小河，和近处被火山灰覆盖的丘陵。大面积的树林在冰岛很罕见，这是维京人在最初登陆冰岛后的两百年里大肆砍伐树木所导致的。他们不知道，在冰岛，植物生长的速度仅是在欧洲的几分之一。虽然近年来政府每年都会大规模植树，但我们所经之处依然只能偶尔看到稀疏矮小的松树林。对此，冰岛人也有一句玩笑：“如果你在冰岛的森林里迷路了，只需站起身来就能找到路了！”

在去往欧洲体积最大的冰川——瓦特纳冰川的路上，我们开车经过了一片寸草不生的黑色荒漠。阿伦说，几百年前，这里也曾有村落和耕地，但一场巨大的火山喷发灾害摧毁了一切人类产物，村庄里除了一位老妇人侥幸存活，其他所有居民都不幸丧生。因此，现在这里只留下这片被黑色火山灰覆盖的荒地。该火山大约每300—350年喷发一次，现在正好快到下一次喷发的时间了。“这次再喷发应该会死不少游客吧，”阿伦开玩笑地说道，说完干笑了起来，似乎被自己的冷幽默给逗笑了，“哈哈哈哈……”

更极端的是冰岛的昼夜之分。我们选择的旅行时间是最“正常”的季节——在春天，白天和夜晚的时长差不多相同。到了夏天，冰岛进入极昼；而冬天则相反，平均每天只有5小时左右的有效日光，其余时间里都是黑夜。在这种情况下，人在夏天会睡得更少，而在冬天会自然地进入“冬眠”。与生活在灯火通明的大都市、忙碌起来经常昼夜颠倒的人不同，冰岛人的生物钟是跟随着大自然的晨昏之钟的。

极端的物理环境塑造了冰岛人别具特色的文化。由于冰岛历史上与世隔绝，大部分冰岛人都是维京人的后裔，人口种族非常单一。2017年的人口调查显示，约94%的冰岛人都是挪威人和凯尔特人的后代，有外国血统的居民只占约6%。统一的血统使冰岛人对自己的祖先和文化非常崇敬：书店里摆着公元1100年创作的冰岛神话故事集，纪念品店里到处都是带着维京符号的饰品。我们的导游阿伦是个土生土长的冰岛人，他对冰岛的自然风光赞不绝口，对所有与冰岛相关的历史故事和地理知识都了如指掌。而每当他讲到历史上维京人在冰岛的所作所为时，都会用“我的祖先”来称呼他们。可以说，与维京祖先千年来在文化和血脉上一脉相承的感觉，塑造了冰岛人的民族主义。

冰岛的传统饮食也颇具特色。由于本地资源匮乏，冰岛人讲究将食材物尽其用。拿羊肉来说，不光是羊的内脏，连羊脸肉都是常见的食物，走进雷克雅未克的任何一家食品超市，都能看到剁碎加工后的羊脸肉与香肠类的熟食挂在一起出售。甚至羊的睾丸也被做成一道小吃，可以在一些超市里买到。阿伦说他非常喜欢羊睾丸的味道，可惜的是，由于我们酒店附近的超市连续几天缺货，我们失去了品尝这一独特“美食”的机会。我猜想，羊睾丸在冰岛的地位与羊肚在中国的地位相似——在外地人看来不可思议，但喜欢这一口儿的本地人则甘之如饴。

除羊睾丸、香菜酒、臭鲸鱼肉之类的黑暗料理外，冰岛也有让人垂涎欲滴的传统美食。肥瘦适中的羊排煎到半熟，不膻不腻，质感醇厚，鲜嫩易嚼。羊肉汤也是当家菜之一——没有比在寒冷的雪山里喝上一碗热气腾腾、泛着油光的羊肉

汤更幸福的事了。

寒冷的冬季、漫长的极夜、匮乏的资源、频繁的火山活动……所有这些可能吞噬掉冰岛文明的阻碍都没有击垮冰岛人，反而让他们变得更坚强。冰岛独特的地理位置塑造了其特殊的人文情怀。在这里，人类和大自然不是征服和被征服的关系，而是尊重和被尊重的关系。冰岛人敬畏自然的力量，也因此对生死无所畏惧。

这，就是迷人的极限冰岛。

初雪下在了晴天

初雪下在了晴天
列车如剑，沉入
疼痛的胸口
寂静的山谷
埋葬了英雄的血

《现代教育报》"学在海外"专栏　之八

我在哥大当助教

这学期，我在哥大经济系担任微观经济学的助教，老师是可爱的瓦尔特·维戈特教授。

作为经济学专业的必修课，微观经济学是哥大文理学院最受欢迎的课程之一，一个班有100多名学生，配备两名博士生助教和两名本科生助教。申请当助教的过程很简单，主要的条件就是平均分数绩点。我在哥大经济系极简风格的网站上填了一张表，说明我去年在维戈特教授的微观经济学课上拿了A+，然后就毫不费力地得到了这个职位。

想当助教有多重原因：首先，我一直很享受给别人讲题的过程，我在高中的时候教过一个托福词汇班，当时就觉得讲课是一件能让我非常有成就感的事情。其次，在哥大当助教是一件很有挑战性的事情，而我希望能通过这样的挑战，逼迫自己跨出舒适圈，获得能力上的提高。最后，我深知教学相长的道理。微观经济学是我很喜欢的一门课，就算我拿的是A+，就算我已经从经济学专业转到了计算机专业，我也乐意以助教的身份继续深化自己对这门学科的理解。

开学第一周，教授召集我们开了个会，简单讲解了一下教学内容，还和Gradescope（教学网站名）的客服人员开了视频会，一起学习如何使用该网站批改作业。此前经济学系的作业都是手写作业，学生把纸质版作业交给助教，助教批改打分后再发还给学生。本学期是经济学系的教授们第一次尝试在线上布置作业，学生将在Gradescope里上传PDF版本的作业，助教将在线上打分并发布成绩，如果学生对打分有异议，可以线上提出复评申请（regrade request），请助教重新审核。

作为本课程的本科生助教，我的职责包括每周给学生上一次复习课、每周安排一次答疑，外加每四周批改一次作业。助教的时薪是22美元，每周固定工作10小时，每两周发一次工资。因此，我的银行账户每两周都能收到大约400美元的助教工资。对于生活简朴的我来说，这也算是一笔不小的额外收入，可以帮我负担一些日常开销。而且，助教的工作量也不算大，多数时间里我都比较清闲。

为了给学生提供小班课堂的体验，学校会给人数比较多的、讲座式的“大课”配置一堂由助教主持的复习课，一般时长1个小时。每个助教会在不同的时间段开课，学生可以根据自己的课表自由选择去上哪堂课。复习课的内容则由教授根据自己的教学需要来设置。由于微观经济学的课堂以理论教学为主，没有太多应用的机会，所以维戈特教授选择把复习课安排成习题课，通过让助教带着学生做练习的方式，帮助学生巩固课上讲的理论知识点。维戈特教授会提前一周把习题发给我们几个助教，我一般会在上课前一天把习题做一遍，第二天带着自己的笔记去讲课。

我的复习课地点在汉密尔顿礼堂的302室，哥大文理学院楼的一间研讨会小教室，时段是每周五上午10点至11点。对多数哥大的学生来说，比起来上我的复习课，这个时间更适合猫在被

窝里蒙头大睡，因此来上课的人并不多。说实话，对于这件事我心里是暗自庆幸的，因为每次上课前我都会有些紧张，担心自己讲不清楚习题的解法，担心抛出一个问题后没有学生能接住，当然也担心会被学生问到自己不会的问题。所以，在被分配到这个不讨好的时段后，我反而松了一口气，当然学生越少越容易控制局面。

果然，第一次上课，教室里就空荡荡的，10分钟后第一个学生才款款而来，是个学习态度非常认真的印度男生。之后，随着课程难度逐渐增大，我的教室里也陆陆续续出现了更多新面孔。基本上，上课学生的数量与当周作业的难度成正比，并在期中考和期末考之前达到峰值。但总体来说人数可控，个位数范围内居多。

我采用的上课模式大体是：我会先花几分钟让学生自己做题，然后问问大家的答案或是解题思路。如果学生答对了或者思路正确，我就会讲得快一点；如果大家都面露难色一头雾水，我就会放慢讲解的速度。通过上课，我觉得我对当老师有了更切身的体会。例如，在讲完一道题后，我非常希望学生们能踊跃提问，因为这说明大家在思考；相反，如果讲完一道题后教室里鸦雀无声，我就会觉得心里空落落的，不知道大家到底是听明白了还是彻底迷茫了……

助教的第二项常规工作是答疑。答疑是美国大学里普及度很高的一项制度，指的是教授（或助教）每周与学生进行的固定的一对一答疑时段。通常来说，答疑会安排在交作业前的一两天进行，以便及时解答学生的困惑。当然，助教是不被允许直接告诉学生作业答案的，最多只能以提问的方式，循循善诱地引导学生打开思路。

我的答疑安排在每周二下午5点，地点是勒曼社会学图书馆的小组讨论区。在1个小时的时间里，学生们会陆续出现，而我负责轮流解答他们的问题。与复习课类似，来答疑的学生数量与当周作业难度存在明显的正比关系：作业很难的时候，我的办公桌前简直是门庭若市；如果某一周作业简单，则变成门可罗雀，只有个别跟不上进度的学生赶来补课，得意地享受独占助教资源的福利。但是，不管人数多少，每次答疑结束后我的嗓子都会变哑——因为一直在说话，连喝水的时间都没有。这也让我更深切地体会到当老师的辛苦，增添了对自己恩师们的敬意。

当助教的经历，让我深切地感受到在顶尖大学担任教职的挑战之大。虽然大二时我以学生的身份拿了微观经济学课的A+，但当助教对我而言并不轻松。相反，不夸张地说，以助教的身份再次上了一遍这门课，我才发现原来我之前学得多么肤浅——很多理论只知其然而不知其所以然，甚至对于一些最基本的概念都没有彻底理解。在备课的时候，我常常一边做题一边自问自答：这个步骤是怎么来的？如果有学生不理解这个公式，要怎样解释？在这个刨根问底的过程里，我发现了太多以前从未留意的细节，我不禁为自己如此之多的知识漏洞而感到汗颜。

做助教还需要摆正心态，脸皮不能太薄。有一次，我在答疑时被一个男生提出的问题难住，最后只得红着脸要了他的邮箱。等答疑结束，我又花了20分钟才想出答案，随即发邮件向他作了详细的解答。另一次，我在复习课上侃侃而谈，下课后才发现自己有一个地方讲错了，赶紧手忙脚乱地给所有学生发邮件纠正。还有一次，轮到我负责写当周作业的标准答案，我却有一道题目拿不准，犹豫再三不得不去向教授请教。

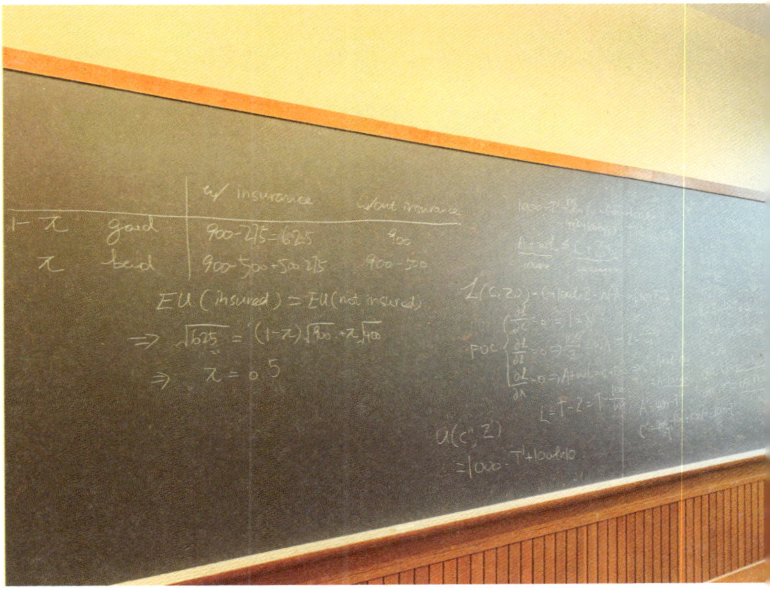

记得第一次出错的时候，我简直有“社死”的感觉，因为我觉得助教这个身份象征着课堂上的权威，按理说是不应该出错的。不过后来出错的次数多了，我也想明白了，反而释然了，“脸皮”也就越来越厚。事实上，学海无涯，知行无限，无论是学生还是助教，甚至是教授，都只是在不同层面上的学习者而已。人无完人，何况助教？出错之后，只要能认真负责、及时纠正，在帮助学生的同时也填补了自己的知识盲区，又有什么觉得难堪的呢？

当然，助教面临的不仅仅是学术方面的挑战。除会做题之外，助教还需要具备深入浅出的表达能力、超乎寻常的同理心、相当程度的抗压能力，以及无穷无尽的耐心（尤其是面对一问三不知的学生时）。对于学生提出的疑问，助教不仅需要在极短的时间内想清楚答案，还要找到易于被理解的方式把自己的思考过程清晰地表达出来。而要做到这点，需要对课程的知识内容有着更深层次、更高维度的理解。也就是说，一名合格的助教不仅要熟悉每个单独的概念、模型、定理，还要能为它们建立清晰的知识框架，且对它们在知识框架中所处的位置和作用了然于胸。我认为，这种认知的格局，就是学生、助教、教授之间最大的区别。

一般来说，学生只会专注于某一堂课的内容，理解和掌握这堂课所讲的知识点；而助教则能够将这堂课的内容定位于整个课程中，将其与之前和之后的授课内容关联起来；到了教授的层面，则是基于他自身对整个学科领域的发展脉络的理解，设计这门课程的内容及传授方式。对于教授来说，其更注重的是培养学生对该学科领域的通用思维方式，而不是讲授具体的公式计算或定理推导。

可见，从学生到助教，再到教授，从认知格局的角度来说，其间的差距是很大的，教授的高度绝不是短时间里就可一蹴而就的。你需要从基础学起，坚持不懈地奋力前行，才能在螺旋上升的知识体系中渐渐赢得一席之地。而另一方面，助教和教授通过授课和辅导，也能不断提升自己的认知格局，并且在与学生的互动过程中得到更多启发。

教学相长。诚如是也！

（写在后面的话——2021年年底补记）

我在2019年秋季学期和2020年春季学期连续担任了微观经济学课的助教。2020年3月，纽约新冠肺炎疫情暴发，哥大校园关闭，改为线上授课，同学们作鸟兽散，我也在一片忙乱中匆匆回国。这样一来，由我们四个人组成的助教小组也分散在四处，我在中国，另一个本科生助教在欧洲，其他两个博士生助教在美国不同的地方。我们马上开了个视频会议，商定复习课由各人录制好讲题视频，放到网上；答疑则改成线上视频会议。同时，因为学生们已经散布全球各地，我们商定调整各自的答疑时段以迎合不同时区学生的需求。

为了方便亚洲地区的学生，我把我的答疑时段改成了北京时间中午12点（纽约时间正是午夜），本以为面对的肯定都是亚洲学生，结果却令我大跌眼镜，来答疑的居然全是美洲的学生！唉，看来我又犯了主观主义的错误，忘记了大多数学生都睡到中午才起床、越到半夜越精神，而我的答疑时间恰好完美地契合了这些夜猫子们的作息习惯。

后来有一天，已经是2020年年底，我无意间在学校的课程评价系统里看到了自己当助教收获的学生打分。我感到很意外，因为很少有学生会给助教打分。我获得的四个打分全部是5分，其中还有两个学生写了评价。一条是：“非常棒！没啥好吐槽的。”另一条是：“她很棒！永远在那儿提供帮助。永远准时，永远友善！”

学生评价是匿名的，我不知道是谁留

的言，但在那个瞬间，我脑海里闪过一张张年轻而鲜活的脸。念念不忘，必有回响。走过了就会留下痕迹，付出了就会得到回报。虽然只有寥寥两句评价，却已令我觉得此前一切的付出都值得了。

如今回想，在做助教的时光里，那些令我感到最满足、最开心的时刻，便是当我回答学生的提问，刚刚讲到一半，学生就“哦”的一声恍然大悟时；是复习课下课后，学生离开教室时对我笑说“谢谢，祝你今天愉快”时；是答疑被好几个学生围着问问题，讲到口干舌燥嗓子冒烟，但却精神亢奋得忘记喝水时……那是成就感爆棚的感觉，是看到自己的努力帮到了他人的感觉，是实现了个人价值的感觉……我庆幸自己作出了踏出舒适圈、迎接挑战的决定，为自己赢得了如此精彩纷呈的助教体验，和许许多多的美好回忆。

A部-1

从天而降

一对男女

上帝的门对他们开启

荒芜大地

杳无人烟

他们寻找存在的痕迹

插部-1

当世界没有名字的时候

一切确实更简单

我们的祖先吃着水果

也会想问金钱是什么

星星成了神话的领土

神话是统治者的剑

康德看到星空的时候

也会想起道德法则

B部-1

意义编织成网
在别有用心者手上
千百年来像把无情刻刀
确定了你我模样
真相包裹在
无法触碰的那个地方
造物者创造了
真实的不堪一击的假象

A部-2

一个时代陨落前
你看到新的主义在冉冉升起
天际线有了新的目标
我们不停追寻

第三章

转

集中隔离结束前夜

晚上接到酒店前台打来的电话，告知我为期14天的集中隔离即将结束，明早8点会有大巴车接我们离开酒店。挂掉电话后，我盯着墙角码放整齐的20个空矿泉水瓶子发了会儿呆，突然有了动笔的欲望。

2020年3月12日，在世卫将新冠肺炎正式定义为“大流行”（pandemic）的第二天，哥大校长李·布林格（Lee Bollinger）宣布学校春季学期改为网课的形式，并建议住在学校里的学生尽快离开校园。仅仅3天后，也就是3月15日，校长宣布学校出现了第一例确诊病例，并要求除特殊情况外的所有人在两天内必须离开校园。那几天正值放春假，我每天都无事可做，只是坐在宿舍里不停地刷手机。周围的同学有的抢到了回国的机票，有的联系了在美的亲戚，有的租了郊区的房子，纷纷撤离了宿舍。每天都有新的消息从各处蜂拥而来：纽约市的疫情从第一例、第二例，迅速变成第一百例、第二百例；哥大关闭了校园，并准备腾空宿舍楼给医院做隔离病房；国内开始实行14天入境强制隔离政策，大量国际航班被取消……回国的路越来越窄，有学生买了三四张机票，航班却都被取消，还有富裕人家的学生花费巨款包机或买头等舱机票回国。我每天都和妈妈保持着频繁的沟通，起初想做好防护工作、留守宿舍，但很快在学校的催促下打消了念头，终于决定回国。妈妈几经周折买到了一张3月20日的国航机票，于是我开始打包行李，并祈祷航班不要被取消。

短短几天时间内，我眼看着自己所在的宿舍楼变成了一座空楼。一楼大厅里

堆满了学生搬走时留下的家具、电器、衣物和垃圾，走廊里空无一人，白天和深夜一样寂静无声。我谨慎地留守在空楼里，网购了口罩、消毒水、酒精湿巾，仔细为房间消毒，包括卫生间的门把手和水龙头。

那一周我只出了两次门，一次是去超市采购蔬菜，一次是去取包裹。出门时，我戴着N95口罩、眼镜和乳胶手套，可街上很多美国人依然连口罩都不戴，这令我感到胆战心惊。我害怕的倒不是被传染，而是我这张黄种人的脸。纽约针对亚裔的仇恨犯罪与日俱增，一些人把新冠肺炎称为“中国病毒”，对亚裔面孔的人叫嚷“滚回你们的国家”，并出现了攻击戴口罩的亚裔的事件。走在街上，我害怕自己严密的防护措施会被他人注意到，害怕自己成为种族仇恨的攻击对象。

我走进邮件中心所在的威恩礼堂，坐在门口的保安对我说“你过得好吗”，一如往常。我回复“还不错，谢谢你”，一如往常。我用戴着手套的手接过工作人员递来的包裹，在液晶屏上签字，我们互道了“祝你今天愉快”，也一如往常。走出威恩礼堂的时候，我注意到今天天气很好，阳光灿烂，外面的石椅上有彩色粉笔的涂鸦。我拿起手机拍了张照，感觉心里没那么慌了。我意识到，无论发生什么，总有些东西会是乱象中的定点，而生活需要继续下去。

2020年3月20日，我搭出租车离开哥大前往肯尼迪机场，乘国航班机飞回北京。我是幸运的——19日和21日的相同航班都取消了，只有20日的航班照常起飞。我坐在靠紧急窗口的第一排座位上，全副武装，戴着N95口罩、眼镜和手套。在13个小时的飞行里，我没有睡觉，把很多事情翻来覆去想了又想，心里又紧张又激动。坐在我旁边的是另一所大学的一位研究生，在航程后半段我们聊了一会儿，关于疫情、关于留学、关于未来的计划。飞行中，穿着防护服的空姐发了一包零食，里面有巧克力、士力架和饼干，我和我的邻座错开时间把食物都吃掉了。

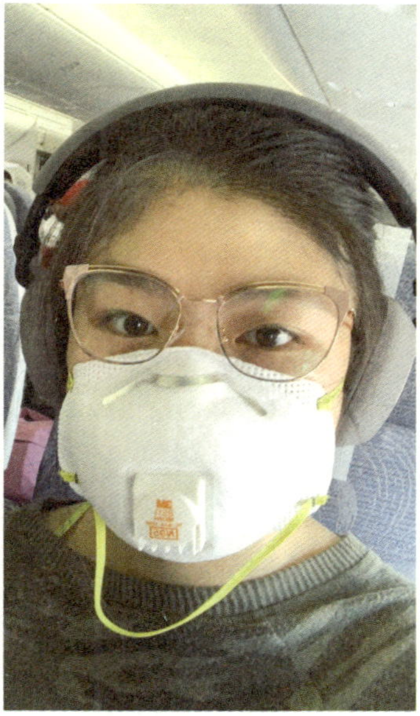

北京时间晚上6点，飞机降落在首都国际机场。但这只是第一步，接下来是漫长的入境手续。在经历了12个小时的消毒、登记、检查、检疫的闭环流程后，我在中转站等待去隔离酒店的大巴，直至第二天清晨。妈妈在家里也彻夜未眠，和我一起等待。因为朝阳区的入境人数过多，隔离酒店房间告急，一直等到凌晨4点多，终于接到通知说可以拉我们去密云的一家酒店。我们十几个人上了一辆中巴，巴士的前座挂着厚厚的透明硅胶隔离帘，司机穿着全套防护服。车行驶在空荡荡的京承高速上，太阳还没有升起来，我透过车窗望着夜色里的北京，心里百感交集。我回到了北京，却还不能回家——还有14天的集中隔离等着我。

早晨6点，我们终于抵达了密云水库旁的酒店，五六名工作人员已经站在酒店门口等待了。我们下了车，他们用消毒水猛喷行李。我签了登记表，付了14天的房费，测了体温，领了体温计，随后便被领到了隔离房间。房门在身后关上，我走到窗前——对面是一座像是餐厅的二层小楼，后面便是山。此时天光渐亮，新的一天开始了。

万万没想到，我一直梦想的“宅生活”会因了这种机缘、以这种方式实现——窗外青山环抱，房间干净整洁，每日三餐送至门口，网速则是令人赞叹的飞快。任何事情都不需与人类面对面交流即可得到解决。除还需要上上课、开开会之外，简直完美。

被隔离的感觉有点奇怪，总觉得这个酒店存在于某个结界里，而不是在北京。毕竟北京是我的家，但这里只是一个临时收容我的地方；我好像已经回家了，但又好像没有。迷迷糊糊之间，时间并未停留，生活照旧继续。入住时房间里已备齐了生活用品，包括28瓶1.5升的矿泉水，还有垃圾袋、手纸、肥皂等。我没有丢掉喝完的空矿泉水瓶，而是把它们通通码在了房间一角，强迫症似的摆放整齐，想借此在流动的时间中留下些印记。

毕竟被隔离在一间小屋子里，每天的生活相似到像是重影：7点半起床；8点吃早饭；上午9点、下午4点测两次体温；10点用任天堂游戏机跳舞当作锻炼；11点冲个澡；12点吃午饭；下午和同在隔离中的朋友们视频连线，学习2个小时，再联机打1个小时斗地主；晚上6点吃晚饭；然后与姥姥姥爷、爷爷奶奶视频；午夜前就寝——一天就结束了。这样的生活简单得让我好像能把过去和未来都忘记。

我住的房间面朝西南，有一扇很大的落地窗。如果不是阴天，中午12点过后，阳光便会毫无保留地透过外窗倾洒到床上，直到傍晚太阳落山。有一天，我因为久违的偏头痛睡了个长长的午觉，醒来时，房间里依旧洒满阳光。我躺在白色的被单上面，全身被烤得暖烘烘的，偏头痛消失得无影无踪。就这样懒洋洋地瘫在床上，看着映在墙壁上的光影，内心充盈着简单而平静的幸福。宅着的这两周，像一场闭关修炼，而我一直惴惴不安、忙忙叨叨的心终于在这一刻慢了下来。在这样一场危机中，有些人卧病在床，有些人流离失所，有些人被迫与家人分离。和他们相比，我感到无比幸运。经历了压力与不安，我最终得以平安地回家，即将与我爱的人相聚。那天午后的阳光让我感到格外温暖。

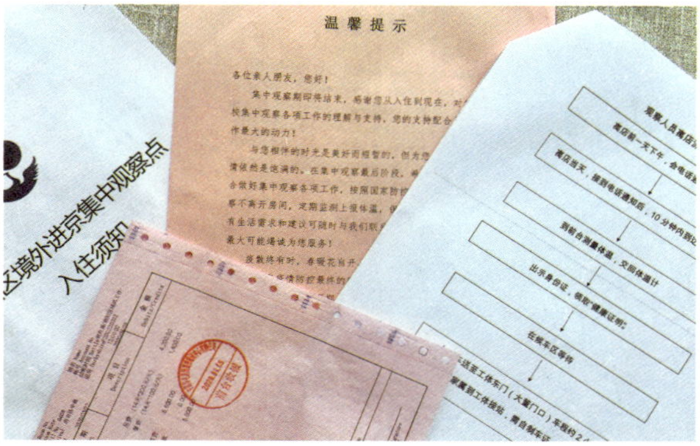

明天修炼就要结束了。生活还得继续，虽然当下有些艰难。无论如何，要继续努力，等待下一个午后阳光般的美好瞬间。

疤痕（原创歌曲）

A部-1

这个月　浑浑噩噩过得不算好

独自住在酒店房间

每日和朋友聊天

话题都快用尽　也没能拥抱孤独

敷衍只因没时间

A部-2

试过埋头走路　比抬眼望天更简单

只因心懒　散漫成习惯

一次次扪心自问

却找不到答案

还以为知己能陪在身边

可分开得好突然

插部

转眼到夜晚　放纵思念

一转念　电话已连线

似老友久别重逢后迅速变熟稔

B部-1

不曾想回忆的剑　依旧锋利如铁

一声再见打破堆积的温存

贪恋着自我欺骗　总有梦醒时分

说不出再见　记不起上一个吻

B部-2

本以为这颗心已变得麻木不仁

还有人能让我感受这种痛

原来爱上一个人

遗留的疤痕可以如此深

心　可以这么疼

洒脱（原创歌曲）

A部-1

梦，昏黄的天空

雨让城市朦胧

无声的风

A部-2

曾被切割过的眼睛

不自主地加滤镜

过度曝光的景

插部

漫不经心想拨散命运的阴影

却总是来不及看清

轮廓早已消失殆尽，到天明

多少次梦里回到过去的场景

殊不知光阴不曾停

愿仍有珍贵美好可同行

B部

过去不再重现

未来无法预言

我们都是平凡的Homo sapiens

若世界以痛吻我

我将报之以歌

失去了能否换来一点洒脱

论字典

我至今仍记得背着《新华字典》去上学，学习用部首和笔画查字典的场景。我也记得夏夜父亲坐在我的床头，为我读《少儿成语词典》的画面。因为词典从字母A开始，所以我仍清晰地记得自己终于弄懂“爱屋及乌”这个成语的含义时那种醍醐灌顶般的喜悦心情。

我接触过的字典或词典还有很多。从《古代汉语词典》到爷爷家古旧的《日汉词典》；从《牛津高阶英汉双解词典》到考SAT时让我又爱又恨的《SAT巴朗词表》，字典一直像一个沉默可靠的伴侣一样陪伴在我身边。虽然现在已经更习惯用搜索引擎和《韦氏词典》（*Merriam-Webster*）查生词，但各式各样的字典们依旧稳固地占据着书架的最高一排，提醒着我它们不可动摇的地位。

权威、古板、严肃，这大概是字典在人们心里的刻板印象。说来奇怪，字典是学习语言的工具书，本应是最大众化的产品，可在大众文化之中，字典的形象却莫名地被神化了。字典扎根在象牙塔尖上，代表着不可动摇的真理。它们似乎和“1+1=2”一样，一直自然地存在着。

在读这本《逐字逐句》（*Word by Word*）之前，这也是字典在我心目中的形象。这也是为什么虽然我与字典缘分不浅，但却从未对它们从无到有的诞生过程产生兴趣。就像《逐字逐句》的作者科丽·斯坦珀（Kory Stamper）所说，人们对字典的看法各异，但很少有人意识到其实一直有一群“人”在编辑、修订、更新字典。

科丽·斯坦珀就是这群经常被遗忘的字典编撰者中的一员。她在美国历史最悠久、最有影响力的字典品牌《韦氏词典》工作，有着数十年的经验，《逐字逐句》一书便是她将自己的职业从幕后引向台前的尝试。这本书分为十四个章节，每个章节的名字都是一个单词，由这个单词的释义引出更广阔的话题。在书中，斯坦珀介绍了字典编撰者的工作环境和工作流程，还以众多案例详细地说明了撰写字典释义时遇到的种种难题。比如，《实例》（*Pragmatic*）这章就讲了斯坦珀和同事们公认的编字典最困难的环节——找例句。

什么，找例句也要大费周章吗?《韦氏词典》存储了大量从各类出版物中收集的引文，又有数字化语料库的辅助，这种情况下为每个单词找几句合适的例句应该是小菜一碟吧？其实不然。词典的目标读者是所有该语言的使用者，这是个非常庞大的群体。正因如此，词典中的例句必须要客观中立，不能偏向任何一方。在美国，这一点尤为重要。

比如，对读者来说，“He enjoys working on his car”（他喜欢修他的车）这句话体现了明显的性别歧视，如果要收录进词典就必须加上“She enjoys working on her car”（她喜欢修她的车），但这样又过于冗余了。“He enjoys working on her car”（他喜欢修她的车）呢？绝对不行！你以为女士们需要男性来帮她们修车吗？“She enjoyes working on his car”（她喜欢修他的车）也不可取，因为这明显是把男性都当成需要女性来帮助的娘炮了嘛！还有，那些既不是男性又不是女性的人呢？他们就不乐意修车吗……

这个例子看似荒唐，却无比现实。或许字典的初衷只是展示“working”这个单词的某一种用法，但语言本身有着太过丰富的内涵。即使只是短短的一句话，6个单词，也依旧能令人浮想联翩。不同的人从各自的角度看，“He enjoys working on his car”这句话暗示了不同的意思，因此每个人都会赋予这句话不同的意义。

另一个例子出现在《婚姻》（*Marriage*）这章。时间是2009年，有人发现《韦氏词典》中“marriage”的释义被修改了。除了传统的异性婚姻外，编辑新增了一条关于同性婚姻的释义。在此之前，已经有不少有着很大影响力的词典将同性婚姻收录进婚姻的释义中，可消息一出，斯坦珀的邮箱还是被无数暴跳如雷的保守派民众攻陷了。数周内，她的邮箱里充斥着破口大骂的邮件，指责《韦氏词典》对美国文化产生了负面影响。

可我们只是想编一本字典而已啊！——斯坦珀辩解道。然而，即使编辑们的本意只是客观地描述单词的全部用法，字典还是不可避免地展现着编辑的身份与想法。如果例句引用了一本生僻的罗马文集，就证明编辑是一个受教育水平高、阅读广泛的人；“她充满爱意地看着自己的宝宝”则揭露了编辑对女性母性的刻板印象（为什么我们都觉得这里应该是“她”而不是“他”呢？）；如果例句是“地球围着太阳转”——不好意思，世界上还有不少人坚信地球是平的呢，对他们来说日心论是个谬论。正如斯坦珀所说，使用语言的方式是私人的。

一个人所使用的语言与他所处的社会阶层和文化环境息息相关，也和整个社会的发展变化紧密相连。从这个角度来说，语言不仅是私人的，更是政治性的，总之它不可能是客观的。在不同的语境下，不同身份的人会赋予同一个单词不同的含义，而字典无法网罗其中所有的含义。在字典编辑能够囊括一些比较常见的用法前，社会已经发生了新的变化，新的身份和新的语境也已经被创造了出来，字典再一次处于过时的状态。

由此可见，字典的局限性主要体现在两个方面：其一，试图用客观的方法定义单词，而单词作为语言的实体注定是主观的；其二，试图以静态的文字描述语义，而语言作为人类的交流工具势必会随社会变迁而发生变化。

尽管如此，字典的编撰依旧是意义深刻的。它不仅为语言使用者们提供了参考，还为词源学和语义学的研究作出了贡献。感谢斯坦珀的这本《逐字逐句》。如果没有她的娓娓道来，我大概永远也不会知晓字典背后这些有趣的故事，更不会由此产生对语言本质的一系列思考。

A Short Note on Love

你是舒适的快捷键
令我留恋
却加速我的死亡

我是一条海底的鱼
赞美太阳
却需要海洋

玫瑰在酒瓶里燃烧

一个人（原创歌曲）

A部-1

关上门
还是只身一个人
还是喜欢一个人
最放松的时分
闭着眼睛唱歌
闭着眼听风吹过窗的声
还是一个人
只有一个人
最真

A部-2

闭上眼
黑暗阻隔视线
安静勾起怀念
想念是从前
没有什么永远

相见是为分别提前排练
快乐被吞咽
悲伤静静等
夜深

B部-1

茶叶泡了一整天不咸不淡
怎么分手快过一整年却还有苦甘
两幅头像如今暗了一半
几个瞬间是否有些孤单

B部-2

房间到了夜晚热气弥散
背景音乐欢迎孤独圣诞

星空海报印刷上的永远
怎么还没干透就已翻篇

A部-3

一个人
走到最后总是只剩一个人
不管经历过了多少和与分
一个人，一生
写首快乐的歌
一个人的房间不断重播
我还是一个人
终归是一个人
去等

写于二十一岁生日

人对生日的感触是随年龄的增长而不断演变的。小时候喜欢过生日，是因为喜欢吃蛋糕、点蜡烛、许愿、唱生日歌这一系列有趣的仪式，也喜欢作为主角在餐桌上被众星捧月的感觉。后来盼望过生日，是因为盼望长大，仿佛年龄的增长也代表着心理的成熟。而现在的我，则是带着半是恐惧半是期盼的心情迎接生日——恐惧是因为岁月如梭，渴望时间能过得慢一点、再慢一点，可生日像是爱伦坡小说里的“红死魔”（the Red Death），踏着午夜十二点的钟声准时摘下面具，提醒着我时间流逝的不可抗拒；期盼是因为我还年轻，还在好奇未来的人生将如何展开，还有很多的可能供选择，还有很多次生日可以过。

过去的这半年给人类上了一课，告诉我们原来几个月的时间里可以发生这么多事情。从国际形势到家庭、个人，我从二十岁这一年里经历的种种动荡中学到了很多，心境也发生了不小的变化，对世界和生活也有了些许的认知。

首先，是人类在自然界中的渺小。没有想到黑死病、鼠疫这种历史书上的名词，在科技如此发达的2020年竟会成为现实。更没想到的是，尽管人类已作出种种努力，却似乎依旧无能为力。新冠肺炎疫情仍在肆虐，截至今天，世界卫生组织报告全球已有一千三百多万确诊病例和近六十万病逝者，而这仅仅是官方公布的数据，可能只是冰山一角。最近北京疫情的小反弹和美国疫情的二次暴发都提醒着我们，战斗尚未结束，人们仍需努力。而更有人悲观地预测新冠肺炎只是个开始，人类活动导致的对大自然的过度干涉，将在不久的未来诱发更多的自然灾难，而在它们面前，人类很可能会束手无策。

其次，是个体在大局中的渺小。我印象最深的是今年三月在哥大等待回国的那段日子。从学校因疫情停课，到学生们散去，整个校园空无一人，不过短短十天。十天前，我正为即将到来的期中考试焦头烂额，疫情还只存在于《华尔街日报》推送的新闻里；十天后，纽约的病例爆发式激增，同学们纷纷逃离，我独自躲在空荡荡的宿舍楼里，恐慌的阴影在心里逐渐扩大。我和妈妈每天不停地刷着手机、看着新闻、关注着纽约和北京防疫政策的变化。纽约“封城”的消息满天飞，北京入境的限制日趋严格，航班取消成了家常便饭，担心在漫长的归途中被感染……一切都是变量和未知数，我感觉自己像风中的一粒微尘、海里的一片浮木，虽想努力把握住自己的方向，却只能被风带走、随浪漂流。

再次，是无论在什么境况下，人都可以快乐。上大学以后，我经常问自己一个问题：为什么拥有了这么多，还是会不快乐？最近我好像想得清楚了一些：不快乐，是强加给自己的标准和要求遮住了视线，让我只看得到面前一条代表着所谓成功的窄窄的路，而忘记了我其实是自由的。若是执意用这一条窄窄的路来衡量和评估自己，经常进行减法运算，恐怕很难快乐得起来——哪些本该履行的责任被无视了？哪些本应做到的事情被放弃了？哪些可以达成的目标夭折了……相反，若是不刻意与任何标准或模板作对比，而是以加法的态度捡拾起一点一滴的生活的馈赠，就能活得轻松很多。快乐其实是一件非常简单的事——在城里没有目的地漫步；逛一家书店；在闷热的夏天淋一场小雨；路过一只蹲在街边舔爪子的流浪猫；一口气写两个小时的代码（好吧，这项可能因

人而异）；和朋友聊一整晚的天……疫情打破了常规的生活状态，反而让我看到了更大的世界，有了“海阔凭鱼跃，天高任鸟飞”的感触。或许有很多事情是我们无法掌控的，但快乐依然取决于我们自己。

过生日的这天，照例想写下一些“生日决议”（birthday resolutions，俗称“立flag”）：

——多读书，多写作。在纽约的几年忙于赶作业、玩音乐、考试前抱佛脚，很少花时间读书和思考，也鲜有写作的动力。几年过去了，我发现自己仍旧喜欢逛书店，仍旧对好书爱不释手，仍旧有用文字表达内心的欲望，我的内心深处仍保留着那个成为作家的梦想。下个学期我将留在国内上网课，会有更多机会逛中文书店，也希望能有更多的时间静下心来、写点东西。

——多追根究底，少耍小聪明。这里所谓的“小聪明”，指的是用功利的、肤浅的成就偷换真正的、更高难度的目标。比如，上课的根本目标是拓展知识图谱，加深自己对相关领域的理解，但用来衡量这项目标有没有达成的表面指标是考试成绩。大多数时候，根本目标和表面指标被混为一谈——这个误解曾让我在十多年的学生生涯里颇为自得，直到上大学后才逐渐意识到其致命的问题——它可以骗过所有人，却骗不了你自己。二十一岁将是大学生活的最后一年，我希望能改掉自己的小聪明，勤思考、多钻研，放弃功利思维，重拾对世界的好奇心。

——多感恩，少抱怨。对我和我的家庭来说，我从十八岁到二十一岁的三年可谓兵荒马乱，唯一值得庆幸的是我还没失去反思的能力。于是我常常回想一路走来得到过的关心和照顾。出现在我生活中的人给了我世界上最珍贵的礼物——沉甸甸的爱。我总是想，该拿什么回馈这些不计回报为我付出的人。思来想去，也只有一个“爱”字。在二十一岁这一年，继续常怀感恩之心，多陪伴那些爱我的人。

最后，许个二十一岁的愿望：愿世界和平，愿家人健康。

陌生的自己

格子是崭新的居所
居所是琐碎的故事
故事是无休止的反复

时间是锁
得到的越多
脚下的路就越窄
就越怀念从前

人心是逐渐干涸的湖泊
湖泊是溢满泪水的镜子
镜子是陌生的自己
世界是歌

终止符有两条竖线
细的是成长
粗的是死亡

A Dance in City Lights（原创歌曲）

A部-1

A stranger on a saxophone

An old song that you should have known

Like an everlasting marathon

You gotta finish it on your own

A部-2

The night's young you got nothing to work on

A few drinks before it's dawn

Half way through the crossroads in the city lights

Flying over the passer-bys

A部-3

Turn on the radio

For a song that no one knows

Dance to the syncopation

Because I love you so

B部-1

Life has been a daydream so far all along

The age of innocence has long gone

Scratching and burning so deep in my soul

A desire to empty it all

B部-2

I've been seeing this world through a looking glass

Broken edges and covered with dust

You thought it's a blast but you're wrong soon it's gone

Reminiscing about the past

静。

空调风机的嗡嗡声作为背景板，衬托出键盘绵密的敲击声和鼠标清脆的单击声，在偌大的办公室里显得颇为突兀。天花板、窗帘拉绳，还有第二排右二的桌子，时不时会发出带着塑料质感的“嗒”“咔”声，像是在写字楼里待久了的家具们在舒展筋骨。窗外传来一阵闷雷声，似乎天气预报提示的雷阵雨终于要来了。再然后，是我的心跳声。

上海黄梅天的室内和室外是天堂与地狱的差别，可以用冰火两重天来形容。早晨的湿度照例是百分之百，我一出门就被裹入闷热潮湿的雾气里，两公里的步行变成了跋涉，心跳加速，气喘如牛，浑身从里到外都湿透了，大滴大滴的水从额头、发梢、脖颈滑落，分不清是汗水还是凝结的水汽。

在这种考验人体承受力极限的时刻，我感觉自己脑袋晕晕沉沉的，想法很容易就发散开来。遂想起早

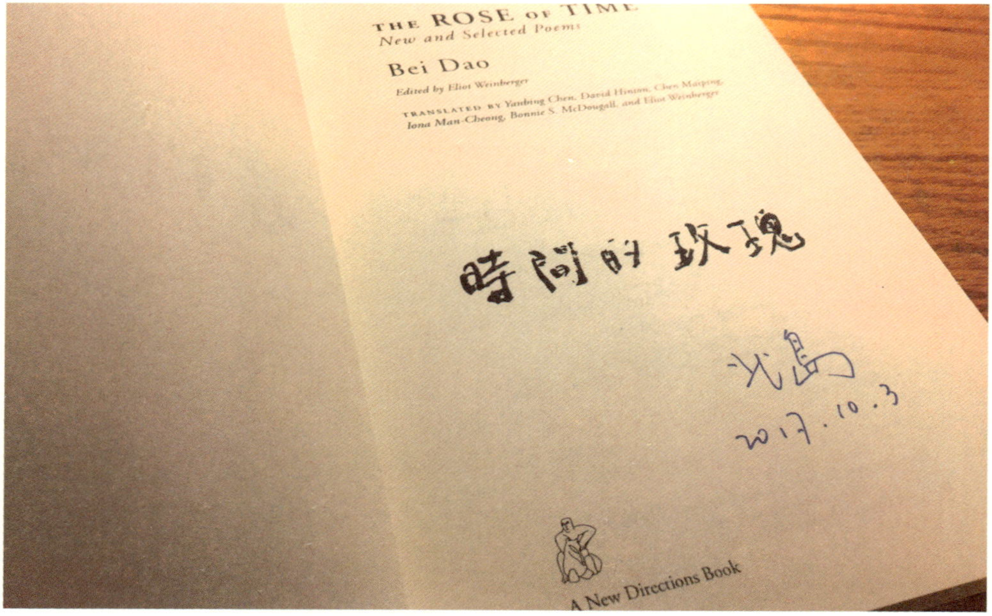

上和奶奶的通话，想到粢饭团，想到此刻我正行走于六十多年前她们居住过的地方；想到漫长而不可知的未来，想到存在的孤独，想到生命中反反复复进进出出的人们。一定是湿度太大的缘故，想着走着，水汽都氤氲在了眼眶里。

而此刻，在静谧的写字间里，窗外的水汽仿佛有了生命似的呼啸起来，如雷鸣般在我的血管里隆隆作响，又冒着烟一路升腾到我的颅顶，乘着意识之风为非作歹。周末来公司独自加班的我，忽然听到了自己思考的声音。

思考也有声音吗？有的，而且周围越静，思考的声音越大。想到大一写作课上读过的一篇短文，忘了名字，只记得作者以想象描绘人类语言产生时的情景：最开始，人类没有思想，没有自我意识，也没有语言，只能发出有限的声调，表达最基本的情绪和需求。语言和思想是同时发展的。随着语言日渐丰富，人类的思想世界也在慢慢延展。这个时期是没有“静默的思考”的；相反，人类会大声说出自己思考的过程。后来，人类发现不把想法说出口能提高效率，语言和思想这才分道扬镳。

这个理论让我眼前一亮，原因是它提出了几个与当前人们的普遍假设背道而驰的有趣观点。

首先，现如今，“思想”往往与“沉默”联系在一起，而“聒噪”往往预示着“浅薄”。在这一点上，东西方文明达成了高度的一致。东方有谚语“满瓶不响，半瓶咣当”，西方则有《圣经》说“言多必失，智者慎言”（When there are many words, transgression is unavoidable, But he who restrains his lips is wise）。似乎沉默与节制联系在一起后，便也与智慧挂上了钩。虽然这篇短文的作者关于语言与意识的理论未必正确，却让我头一次对将沉默视为美德的观点产生了疑问。

思来想去，我们价值观中对沉默的重视与语言本身的暧昧性不无关系。随着人类语言和思想的复杂化，二者之间的对应关系也越来越模糊。尤其是对于抽象概念，可能会出现两个人用同一个词语，但指代的是完全不同的概念的情况（刘禾的《语际书写》一书就给出了不少这样的例子）。可以说，在理解语言时必须将其置于背景中，因为时间、地点、人物、情境这些因素都影响着语言的意义。而语言作为交流工具的两难处境是：理解语言需要背景，但除语言本身的主人外，没有人能掌握全部的相关背景信息。因此，人们对语言的理解一定是或多或少有悖于原义的——人与人交流的障碍也因此而生。如今，我们常说的“沉默是金、言多必失”，大概也是基于一种自我保护的策略——如果交流难免会产生歧义，那就不如少说话、多做事。

其次，另一个有趣的思考是，我们习惯性地认为思想在先，语言在后；思想是内容，语言是媒介。可作者的观点是思想和语言是相辅相成的，甚至没有语言，思想便无法成形。对于这点我深有体会。作为一个写作者，我常常发现自己用“在脑海里写作”的方式思考，也就是一边想事情一边写一篇描述此刻的我的意识流小说。有意思的是，我经常会“写出”第三人称的句子，比如刚刚我就在想一些类似“她开始怀疑自己的这篇文章是不是充斥着令人费解的胡话”的句子。我曾经试着用第三人称意识流写作，真的一字一句地把脑袋里蹦出来的话写下来，最后啼笑皆非地发现自己记下来的主语在“她”和“我”之间来回切换——在我相对清醒并有意识地进行思考的时候，会自然而然地使用“她”作为主语，而当我完全沉浸于自己的想法的时候，“我”就又回来了。

不仅仅是在思考的时候，其实每时每刻我们都有两种存在的状态：意识到自我的存在的“自我状态”，和完全进入了自我的“忘我状态”。自我状态是第三人称——人意识到自己独立于世界，然后以外界的眼光审视自己；忘我状态是第一人称，是外部世界消失了，成为“我”的世界。第一人称是自白，第二人称是对话，第三人称是审视。这其中，语言似乎总是和第二人称挂钩。其背后的逻辑是，如果没有另一个外在客体的存在，语言作为交流的媒介便失去了意义，正如若是没有一个想要抵达的彼岸，轮船便失去了意义。可前面提到的短文无疑扩展了语言的作用范围。如果语言和思想之间的关联真的如此密切，那么其触角也必然延伸至第一人称和第三人称的空间。可以这样说：语言不仅是交流的媒介，更是思考的工具。

想象

光源逐渐消失
夜的阴影从楼房的背面
树林的交叉处
快速升起
一棵树
一丝不挂、瘦削笔直
越过了楼房和树林模糊的阴影
在玻璃房子里的作者想象出的风中
摇晃

想象是现代人基本的素质——
见木如见森林
见丘如见山峦
见雀如见百鸟
——我们接受不了自己的孤立

于是
夜的阴影席卷城市

一个个四方的窗户
一辆辆流动的铁皮玩具
逐一亮起

我们见灯
如见星光

地下琴房（原创歌曲）

A部

因为人生总会有
偶尔忧郁的时候
也会想要
写出温暖的旋律

B部

也许我们都曾走过
黑暗无星的漫漫长夜
可是生命若是缺少了这些
便少了几分趣味

2020，我的远程留学生活

2020年3月22日，清晨8:30，我在客房书桌前坐下，打开笔记本电脑，开始上我的第一堂跨越11 000公里的网上课程。一天前，我从疫情严峻的纽约逃离，飞回北京，住进了这家位于北京远郊的隔离酒店。一个半小时后，我上完了这堂时间序列分析课，也正式开启了这段非常岁月里的远程留学生活。

2020年的疫情来得猝不及防，其对美国传承百年的高等教育体系也提出了严峻的挑战。我就读的哥伦比亚大学今年刚过完第266个生日，便迎来了建校以来的首个"线上授课"学期。据校方统计，全校近3万名学生目前散布在全球116个国家和十几个不同的时区，通过网络继续着自己的学业。

线上教学的困难首先考验着哥大的教授们。随机过程课的教授主要为网速所困——她家里的网速实在堪忧，视频中，她模模糊糊的身影经常因为被"卡"而变成慢放镜头，同时伴随着她时断时续的语音，颇具恐怖片的惊悚效果。

而满头白发的中国现代史教授更令人同情。虽然无法面对面授课，但她出于教学习惯和敬业精神，还是希望能在上网课时看到同学们的脸。于是，她忙于在PPT、聊天窗口、同学视频之间来回切换，但她操作不熟练，常常出于技术原因被迫中断授课。她有两个电脑屏幕，A屏显示课件，B屏专门用来显示视频软件上的同学们的脸。网课似乎让我们的距离变远了——我们从教室的一排排座位上消失，转而出现在视频软件的一个个小小的窗口里；教授也从近在咫尺的讲台转移到了屏幕的另一端。可与此同时，好像有些距离又被拉近了——笔电的前置摄像头让我能近距离观察到教授花白的发丝和她讲话时的口型，由此倍感亲切；而讲课视频就更棒了，能让我在任何时间、任何地点看录播，并自由掌控播放速度。

感受最鲜明的是我一直很怵的计算机系统基础。怵的首要原因是，从第一周起我就听不太懂了，哥大宣布因疫情停课的那天，我正无比绝望地躲在宿舍里准备这门课的期中考，并确信自己即将迎来学业生涯里的头一个C。不幸中的万幸，停课后，期中考延期了，而且改成了线上考试，我也因此逃过一劫……我怵这门课的第二个原因，也是更重要的原因，是这门课的教授。他是一位长相异常严肃、讲课极其认真，但就是讲不好、教不会的谢顶中年男士。每次上课，我都竭尽所能地妄图跟上他的节奏，却无一例外会在10分钟内就败下阵来，甚至连自己为什么跟不上、听不懂都不明白。而教授却依然严肃地站在黑板前，用高亢但呆板的语气持续输出75分钟，像个没有感情的演讲机器。

但是谁会想得到呢，网课开始了，我对教授的抵触情绪竟然被网课改变了。

那天，无聊的课程刚进行到一半，屏幕上，教授身后的门突然被推开，一个四五岁的小女孩蹦蹦跳跳地闯进来，一把抱住教授的胳膊，一边咬着手指一边好奇地盯着电脑屏幕。令我惊讶的是，教授那张呆板的扑克脸突然发生了变化，他翘起了嘴角、露出了笑容，表情变得既生动又活泼！此刻我的面部表情与其他众位同学达成了高度一致：瞠目结舌、呆若木鸡！

教授用奶爸特有的低低的、温柔的、宠溺的语气哄着小女儿，送她离开书房，关上了门，转身回来坐下继续讲课。此时教授又恢复了平日里的扑克脸，说话也回归僵硬死板的语气。但是你就是能感觉到，有些事已经不一样了……他不再只是个机械输出的演讲机器，网课让我得以窥见他人性化的另一面，从而改变了我对他的成见。那之后，听懂他的课似乎也变得没那么困难了……

当然，对于学生来说，上网课的挑战就更大了，尤其是我们这些与纽约时区昼夜颠倒的中国留学生们。部分课程允许第二天看录播，但有些课程则要求必须同步上直播课。因为实在不想凌晨三四点钟爬起来上课，所以我不得不在我的可选课程里精挑细选，尽量选择那些允许收看录播的课程。但那些选择余地有限的同学就比较悲惨了。我的一位文学专业的朋友不得不从晚上10点一直上课到早上6点，她在朋友圈发的小文详细记录了自己在漫漫长夜里心态逐渐崩塌的过程——衷心祝愿她的作息时间能早日实现与纽约时区的同步。

不可避免的，网课在一定程度上改写了“哥大体验”。但校方、老师和学生都付出了极大的努力去维系原有的校园文化和氛围。例如，校方重新调整了校历，划分了更多的学期，以便为学生提供更多的选课机会；学校的各大社团也都转战线上，继续热火朝天地进行着“招新”宣传；哥大还在世界各地的城市增设了一些“全球中心”，并租赁了一些学习场所，为学生提供自习和线下讲座等活动机会；各类学生社群也纷纷行动，搭建了一些方便学生聚会交流的平台。

以我为例，我在北京期间，几乎每天都会去哥大租赁的共享学习空间上自习。虽然去共享学习空间的学生不多，但日子久了也认识了一群新朋友。另外，

哥大北京中心除在万圣节、感恩节之类的节日组织酒会外，也组织了一些主题类分享活动，比如求职指导或学生创业分享。几乎每次活动我都会去，即使对主题不太感兴趣。因为线下活动的机会实在难得，是这个前所未有的远程学期带来的缘分，所以我倍感珍惜。正所谓“祸兮福之所倚，福兮祸之所伏”，我从既定的生活中被意外抛出，却在另一个意外里收获了一种截然不同的大学体验。

更重要的是，那些维系校园生活的珍贵元素——和朋友的亲密漫谈、和课友的实时互动、和教授的坦诚沟通、和社团同好的愉快分享——都在线上延续着。无论是主动花一个半小时帮我在线补课的随机过程教授，还是学校以直播形式继续开设的免费瑜伽课，抑或是几个同学自发组成的空中自习室，这其间的点点滴滴让我意识到，或许疫情使人与人之间的物理距离变远了，但只要我们的心仍连在一起，它便终究无法阻断我们的联结。的确，联结的方式有所改变，但组成哥大社区的每一个个体依然活跃如初，紧紧围绕在学校这棵大树的浓荫下，共同构筑起非常时期的全新“哥大体验”。

初秋的北京，大四新学期开学后的一个下午，我和朋友相约在北京地安门大街的一家咖啡屋自习。我在回放前一晚的课程视频，朋友则捧着一本法文小说在细读。夕阳的余晖落在远处一只正在伸懒腰的橘猫身上，四合院里微风轻拂，槐树的树影慢慢拖长。

恍惚间，我的大学校园似乎远在天边，又似乎触手可及。

最舒服的歌（原创歌曲）

A部-1

拥抱夏日的云
我看到
城市的吻

A部-2

拥抱夏夜的风
轻薄如昨
时间消磨

B部-1

没有没有什么放在心上
灵魂轻得像一阵风
不要不要再想什么未来和过往
就在这一刻乘着风飞起来
生命不过是一场梦

B部-2

不要不要在乎他人眼光

一身赤裸地歌唱在城市上方

不再不再为无用的事而感伤

脱下沉重的壳

没那么难

放下所有负担

也很简单

赛博朋克沙尘暴

北京。沙尘暴。

是不停的不停的音乐

不休的不止的风啊

从沙漠中掘出金来

让都市染上尘色

而我不停的不停的心跳
不眠的不休的脉搏啊
在机械的身体里
溢满了九十三号的泪

防蓝光的玻璃盒子里
来自二〇二〇年的霓虹招牌
四个大字——
“创造未来”

第四章 合

寻找自我的旅程

——读《美食、祈祷、恋爱》

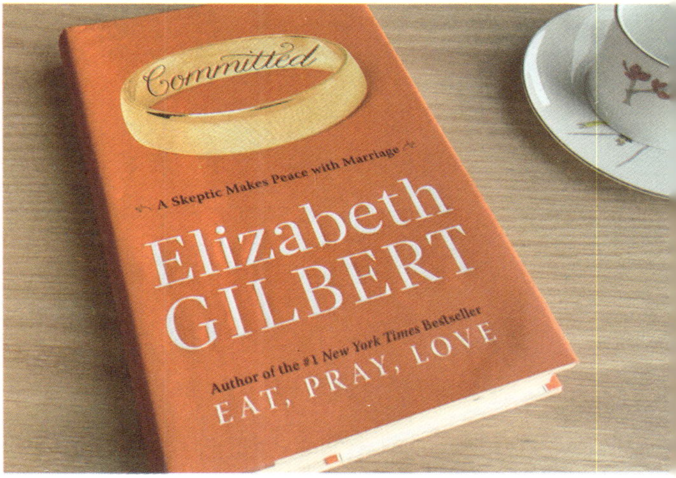

七月在上海实习时，收到这本妈妈寄来的《美食、祈祷、恋爱》(*Eat, Pray, Love*)，一眨眼几个月过去了，我终于断断续续把它读完了。

带给我最大震撼的，是本书作者女作家伊丽莎白·吉尔伯特（对灵修（spirituality）的执着追求。她是坚信“神”的存在的——不是基督教的神，不是印度教的神，也不是佛教的神，而是所有宗教、全人类共同追求的宇宙的“神”。她坚信这个“神”存在于每个人心中，存在于万事万物中，但同时又近乎于虚无；她坚信最强大的力量和爱就藏在我们的心里。以下是她自己接近“神”的经历：

我离开了自己的身体，离开了房间，离开了地球。我穿过时间，进入了一片虚无。我在虚无里面，但我同时既是虚无本身，又在观察着这虚无。这虚无是一处有着无限的空间和智慧的地方。这虚无有意识，有智慧。这虚无就是“神”……

（I left my body, I left the room, I left the planet, I stepped through time and I entered the void. I was inside the void, but I also was the void and I was looking at the void, all at the same time. The void was a place of limitless peace and wisdom. The void was conscious and it was intelligent. The void was God...）

伊丽莎白·吉尔伯特的个人经历无疑是坎坷而丰富的。和前夫离婚后，她的精神状态每况愈下，甚至抑郁到产生了自杀的想法。绝境之下，她被激发出了斗士般一往无前的勇气。她决心给自己一年时间，去三个遥远的地方，做自己想做但一直未做的事情。她先去意大利住了四个月，学意大利语、吃意大利美食；然后前往印度一处静修地学习灵修和瑜伽；最后又只身前往巴厘岛，只因偶遇的一位看手相老人的预言——一切的一切，都是为了寻求真正的幸福和灵魂的平静——为了求生。

在这本书的前几章里，作家非常坦白地描述了她最黑暗时期的状态和想法。我在她的故事中看到了我的影子，也看到了许多现代人的影子。物质生活的丰富弥补不了消费主义时代下人们精神世界的贫瘠，而社交媒体不但无法真正拉近人与人之间的距离，反而加大了粉饰个人外在形象的重要性。这也是为什么“高功能抑郁症”日益普遍：越来越多的人表面上维持着正常的工作和生活，内心却隐藏着无法排遣的焦虑和压抑。可以说，这是当今社会的“时代病”。

诚实地说，在读这本书之前，我对于灵修的了解匮乏得可怜，仅有的探索可能是大二时参加的一个为期八周的冥想研习社（meditation workshop）。在哥大教育学院的几位博士生组织的这个研习社里，我第一次听说了正念（mindfulness）这个词，也发现了自己有多么不擅长内观（being mindful）。内观，意味着活在当下，关注自己当下的感受和情绪，而不去管过去或未来。这和我从小到大的存在状态完全相反。首先，我经常走神——不是冥想所鼓励的那种“审视思维”（supervised thoughts，即自己作为一个旁观者，观察意识的自由来去），而是纯粹无意识状态下的信马由缰。走神的时候，意识和身体是脱离的，自我和当下的存在是脱离的。其次，我沉湎于对过去的怀旧与对未来的焦虑之中，几乎很少在我们唯一真正拥有的当下驻足，而这导致的问题便是我既不快乐也不平和。

从唯物主义的角度来看，灵修似乎总是跟玄学和封建迷信沾着边儿，散发着不靠谱的气息。然而，作家对其所持的严肃态度让我开始反思。我曾经痴迷于把自己的生活加以量化，把时间按轻重缓急分配给数个不同的待办任务，然后沉醉于给一个又一个已完成任务打钩销项。某一天，我忽然发现所有的待办任务都已清空，下一个最近的任务截止日尚在一周之后——而此时的我，不但毫无轻松感和成就感，反而陷入了难以名状的焦虑之中。直到看到作家把那么多时间和精力放在精神追寻（spiritual pursuit）上，我才意识到我的问题出在哪里——我把全部时间花在课业、工作和其他任务上，却忘记把一部分时间分配给自己了。

抛开内容不谈，从笔力上来讲，这本书可称是自传文学的范本。作家敏感细腻、包容开放，同时具有自嘲式的幽默感，所有这些为她的叙事赋予了活力与深度。对于内在的自我，她有着深刻的洞察与持续的反思，并能够把一切如实表述、和盘托出。与此同时，尽管她对于宗教、抑郁症、离婚等敏感话题都畅所欲言，却并不会让读者有侵犯作家隐私的违和感。阅读的感受可以用两个字来概括——舒服。在舒服之余，我被带入了一场寻找内在自我的旅程，跟随作家从美国去到意大利、印度、印度尼西亚。

直到读完这本书，我才意识到我有多需要这场精神之旅（spiritual journey）。作家像是一位探路者和导游，而我则是观光团中一名充满困惑和好奇心的游客。如今，书中伊丽莎白的旅程结束了——而我的开始了。

A Room of One's Own （原创歌曲）

A部

Solitary men, treasure（dreamers）of the land,

Wonder of the world within a single beating heart.

Across a thousand rivers,

Moving（pushing）through the crowds to find

A room of one's own,

A path that's less shown,

A place that few had known.

插部

Follow me tightly into unsettling dreams of the night,

Drowning in regrets and afterthoughts,

O things that could have gone so well;

But it's a new day.

怀念从前认真的生活

——读木心有感

读书是讲求缘分的。

几年前曾有过一阵子“木心热”，一首《从前慢》将木心推上了文艺的神坛。这场热度我没来得及赶上，当时对这首诗也没什么感觉。后来有一天，缘分来了——那是2018年的暑假，我回到了北京的家里。一天出门前，为了不浪费坐地铁的时间，我随手从书架上拿了一本未拆封的小书。然后，在十号线的车厢里，我一口气读完了木心的这本《琼美卡随想录》。当时感觉有意思、不过瘾，简单写了几句读后感。今天先抄录如下：

2018年8月19日，随笔：

离家前随手拿了一本未拆封的《琼美卡随想录》，只因为其小巧轻便，适合放进包里。可这本书着实令我惊艳！第一、三辑是散文，每篇只有百余字，主要由艺术评论、社会批评、哲学思考组成，其篇幅之短小、语言之精练、视角之独到，令人叹为观止。第二辑则由短诗和俳句组成，短短十余字的句子充满了画面感，更有一种宁静深远的意境。薄薄一本小书，作者的性情和文人气质跃然纸上——时而张狂，时而谦卑，时而肃穆，时而刻薄。木心的形象，在我的想象中活灵活现，无比生动自然。在阅读的过程中，很多次我都有这样的感觉：一些我曾经有过却不曾说出口的感慨，作者全都帮我写在了纸上，且更加入木三分！晚上和朋友聊天的时候，我情不自禁地说了一句“人生何处逢知己”——知己也分很多种，我们虽然时空交错，素昧平生，但我由此视他为知己，并感激他。

《琼美卡随想录》以简洁的风格诠释了少即是多的道理，也为我提供了写作上的启发。此前不知从何时起，感觉写作成了种负担，仿佛一定要写上个两三千字才算是真正的文章。木心让我认识到，与其把写作挂在高高的架子上累人累己，倒不如沉浸于生活中，用寥寥数笔描绘些转瞬即逝的画面，或平和静默的情怀——正说着，又写多了。

那之后，我一直想再读一些木心的作品，但直到2020年新冠肺炎疫情暴发，我从哥大返回北京，才有时间在西西弗书店闲逛，又买了几本木心的散文集。

我惊喜地发现，其中《哥伦比亚的倒影》这一篇，恰好是木心在哥大校园闲逛后写下的。他笔下的巴特勒图书馆尤其让我感到亲切“怡静的长岸似的书案，一盏盏忠诚的灯，四壁屹立着御林军般整肃的书架，下行的阶口凭栏俯眺，书这窀穸，知识的幽谷，学术的地层宫殿”——如果我在巴特勒图书馆长岸似的书案前读这本书，那才是真的有趣！

大概当人不满足于自己的生活状态时，就会将问题归因于社会和时代。最近几年，但凡是批评工业化、消费主义、信息时代、快餐文化、娱乐产业等的文章，无论是米兰·昆德拉的《小说的艺术》、让·鲍德里亚的《为何一切尚未消失》，还是许知远的《那些忧伤的年轻人》，其中批评当下、怀念智识的“黄金时代”的片段都会让我或多或少产生共鸣。

过去什么都少、什么都慢，缺乏产生乐趣的资源，因此只能努力地从自然和生活中发现乐趣；而现在什么都多、什么都快，乐趣变成了娱乐产业，社会变成了一个大商业体，人人都得遵守资本的规则。人不再是单纯的人，而是为了把自己变成一颗螺丝钉而前赴后继的零件，是亲手将自己异化的刽子手。现代生活更像是一场喧闹的大派对，所有人相拥着娱乐至死。可派对不应该是偶尔举办的吗？大部分时间里生活不应该是沉静而踏实的吗？慢慢地、认真地做每一件事，不好吗？——不好。所以唐诗宋词已成逝去的辉煌，现在的当红诗人借由“审丑”出位，越写得不堪、越有人骂，便越成功——也是，不然安安静静写自己的诗，有谁会来品评呢？米兰·昆德拉说他无法想象一个没有诗人的欧洲，但如今大部分人的生活里已经缺失了诗性——奇怪，当这个世界拥有万千繁华的时候，为什么生活的乐趣却变得越来越贫瘠？

看吧，说到怀念过去，我可以滔滔不绝。如木心所说，怀念过去是因为“人类全部曾经像严谨的演员对待完整的剧场那样对待生活（世界）”，而现在的人“心灵是涂蜡的”。我们拥有的只是文化的倒影，是虚幻的繁华——“前人的文化与生命同在，与生命相渗透的文化已随生命的消失而消失，我们仅是得到了它们的倒影”——木心再一次帮我把不知如何表达的想法精准而诗意地写了出来。

“涂蜡的心灵”这一表达，让我不禁联想到去年七月在上海徐家汇一家书店看里到的一段冯至的诗：

我望着宁静的江水，拊胸

自问：

我生命的火焰可曾有几次烧焚？

在几次的烧焚里，

可曾有一次烧遍了全身？

二十年中可曾有过真正的欢欣？

可经过一次深沉的苦闷？

生活着，却感受不到生命——这是我近几年尤为突出的感觉。对于生命中蕴藏的生之能量、灵动之精神，甚至喜怒哀乐、悲欢离合这些构筑了生命的万千情绪，都总是如同隔着一层纱幔一般，不甚真切。是因为我已经不懂得如何认真生活了吗？在虚拟的社交中、在线上的购物中，我捕捉着生活的倒影，享受着看似充盈的感官刺激，但那却只是人工的快乐——或者，还能称得上快乐吗？

至少在当今的时代，“真”越来越不重要了，“虚假的”以及“虚拟的”东西早已取代了“真”，如同劣币驱逐良币。还好，还有过去的文学。看完《哥伦比亚的倒影》，我深感文学是治愈浮躁的一剂良药。我庆幸还有木心这样认认真真生活、认认真真写字的文人，能提醒我尽快去洗涤干净我这颗已被蜡封的心。

Stories（原创歌曲）

A部-1

Everyone got their own stories

Their own stories to tell

聚会聊天的故事

藏在心底的故事

想要忘记的故事

A部-2

每个故事藏了一个影子

故事的结尾方式

一段过去的影子

一段自己的影子

一段丢失的影子

B部-1

每天每天讲故事

每天每天听故事

从没讲过真实的故事

活成自己的影子

金玉其外的样子

不加修饰的现实故事

B部-2

No one but you got the stories

No one but you can make it funny

No one but you got the stories

No one but you can make it funny

手绘地图（原创歌曲）

A部-1

还是那一天的滋味
还是记不住我长大的街
还是没能形成情感防卫
才能体会错愕感觉

A部-2

东南西北四个方位
上下左右对应南或是北
街道分割将人类包围
城市运行轨迹解答一切

B部-1

一张地图手绘的折线
一天一天压缩成平面
每条线段见证的岁月
简单概括是二十几年

A部-3

立交桥下红灯左转

环路究竟哪条车道最慢

路口的炸鸡店香气弥漫

汽车穿过长长的老街

行人故事随风传入耳畔

插部

所有的这些那些某年今天鲜活的事件

却变成一笔两笔勾勒出的地图碎片

一瞬间这一秒也被抛到叙事的背面

转眼就变成白纸上的一滴墨点

B部-1

一张地图手绘的折线

一天一天压缩成平面

每条线段见证的岁月

简单概括是二十几年

B部-2

手写地图就像是回忆录

几个地点标注人生旅途

寥寥几句我们走过的路

虽然短暂，应该满足

《现代教育报》“学在海外”专栏 之十

我思念人声鼎沸的哥大校园

三月初，虽然北京的温度还在零度左右徘徊，但和煦的阳光已泄露了春意。从去年三月离开疫情风暴中的纽约飞回北京，到今天，我的越洋网课生活已持续了整整一年。

为了上网课，家里添置了不少新装备：一台可升降写字桌，让我可以站着学习，以缓解久坐后的腰痛；一台二十七英寸显示器，连接电脑后能显示视频画面、教授的讲义、代码编辑器，以挽救我岌岌可危的视力；最关键的是一个Wi-Fi信号增强器，保证我在直播上课或考试的时候不会发生掉线失联的尴尬状况。

在这些装备的加持下，我小小的房间便成了一间窗明几净的教室。在上课的日子里，我可以足不出户，一整天窝在显示器前，看录像、记笔记、做作业、写邮件、提问题、回答别人的问题……我在笔记本键盘上敲敲打打，直到窗外的城市亮起来又暗下去，红色的车灯挤满环路——满是网课的

一天就这样过去了。

一开始，我不觉得自己会思念纽约。纽约又脏又乱，街道上堆满垃圾袋，乞讨者和混混总是在人多的路口骚扰行人。始建于一百一十年前的地铁系统破旧不堪，轨道里满是垃圾、尿液和老鼠，周末总是莫名其妙地停运。纽约的物价奇高，一小盒青葡萄要六美元，还远没有国内的玫瑰香或巨峰好吃。时代广场就更别提了，那些同质化的纪念品商店、闪烁的巨幅广告牌、打扮成自由女神拉游客合影的演员就像是纽约消费主义的缩影，徒有其表而内在空虚。

我也一点儿都不思念哥大。数学楼年久失修，物理楼阶梯教室的座位又硬又冷，七十五分钟的计算机课令人昏昏欲睡。学生餐厅在高峰时段永远找不到座位，而在低谷时段除沙拉和面包以外几乎没什么能够下咽的食物。还有学校的主图书馆——巴特勒图书馆，那简直就是“内卷”的具象化存在。住在学校里那几年，每逢周末离开校园去下城玩，我甚至都觉得那是一种逃离。

然而，上了一年的网课后，我却开始越来越思念纽约。我思念交一美元就能转上一整天的大都会艺术博物馆，对哥大学生免费的纽约现代艺术博物馆，到了晚上金碧辉煌的林肯中心，还有那群星璀璨的百老汇音乐剧、歌剧和话剧舞台，以及精彩纷呈的小剧场演出。我思念中央公园的野鸭和鸽子，华盛顿公园三月里的樱花，布莱恩特公园里滑冰的男男女女和地铁里弹吉他打鼓的卖艺者。我思念圣诞集市上的热苹果汁，韩国城的烧烤，还有中城的寿司店。

我也开始越来越思念哥大。我思念席卷晨边高地的暴风雪和傍晚教堂

传来的钟声；我思念天气甫一转暖就被蚂蚁般的学生占满的大草坪。我思念午夜十二点依旧灯火通明、座无虚席的图书馆，思念被教授逗得前仰后合、哄堂大笑的大班课堂；我思念学生餐厅的墨西哥鸡肉卷饼和风味独特的纽约芝士蛋糕；我思念周末早上的农夫市集，和在寒风中跳着脚、排着队买到的那份牛肉米线；我思念绕过徒劳工作着的铲雪车，横穿过银装素裹的校园去上课的那些下着大雪的早晨。

我思念那非虚拟的学习生活，思念那人声鼎沸的哥大校园。

去年春天回国前收拾行李时，我天真地以为这只是暂别，新冠肺炎疫情很快就会过去，夏天就能返校参加期末考试。我预订了两个月后的返程机票，并把几乎所有的行李都留在了学校。没有想到的是，疫情横扫全球，返校就此遥遥无期。而我，就这样羁留在了北京，靠上网课继续着大学的学习。

诚然，这段能留在家里陪伴家人的时光是上天的恩赐，对此我和家人都万分珍惜。但此时此刻，望着窗外阳光下那一片新绿，我忍不住默默自问——大自然的凛冬已过，现实世界的春天何时才能到来？而我，又何时才能踏上归程，回到我越来越思念的哥大校园？

过去的事情

“你会想起过去的事情吗？”
“会的。”

我时常想起过去的事情
好像它们
是春天降临时冰川上消融的雪
是枝头绽开的樱花
是孩子雀跃着、欢呼着看见的满天繁星
是转瞬即逝而无法复制的美梦

忆起它们时
总是平静地悲伤着
仿佛笃定
往后余生
都不会再感知到这样的幸福
就像河面上潋滟破碎的
哥伦比亚的倒影

春

——想要谱成歌的诗

好像一夜风吹都发芽

好像一眼望去都开花

我的大学

在哥大，我最喜欢的角落是洛氏纪念图书馆门口的灯柱平台。2017年初秋，大一刚开学的一个下午，我背着书包坐在这里，写下了*Song of Columbia*这首歌，以展望即将开启的大学生活。四年后的2021年圣诞节，我以毕业生的身份再次回到校园，又一次坐在这里。这一次，则是在回顾已经结束的大学之旅。

在哥大的四年，我究竟获得了什么？

首先是一次完整的西方文理教育的体验。哥大文理学院举世闻名的“核心课程体系”涵盖了文学、哲学、写作、音乐、艺术、科学等领域，每门课都是二十二人以下以讨论为主的小班教学模式。核心课程体系的第一门是西方经典文学。第一次上课时，教授问：“有谁是因为有核心课程体系而选择的哥大？有谁是虽然有核心课程体系但还是选择了哥大？”（How many of you came to Columbia because of the core? How many of you came here despite the core?）至少我是前一类人。核心课程体系引导我爱上古希腊史诗，教会我欣赏普契尼歌剧，让我拥有和别人讨论福柯和莫奈的机会。抛开在政治正确语境下对它的种种争议不谈，它延伸了我认知的

边界，因此我感激它。

其次是一个更加独立成熟的自我。在入学之前写下的《十八叙事诗》中，我说我很想快些长大，保护我的家。在哥大求学的经历，让我见到了更广阔的世界，认识了更多不同的人。读万卷书，行万里路，我已完成了第一步。更重要的是，通过与世界对话，这段经历让我能更好地聆听自己内心的声音，直面自己的不足，补齐自己的短板。四年后的我已经长大了，拥有了一个更强大的自我，也拥有了更多信心去保护我爱的人。

CVRATORES VNIVERSITATIS COLVMBIAE
NOVEBORACENSIS COLLEGII OLIM REGALIS
OMNIBVS ET SINGVLIS AD QVOS PRAESENTES LITTERAE
PERVENERINT SALVTEM SCIATIS NOS
ZHOUYAO XIE
CVM EXERCITATIONES OMNES AD GRADVM
BACCALAVREI IN ARTIBVS
ATTINENTES RITE AC LEGITIME PEREGERIT AD ISTVM GRADVM
PROVEXISSE EIQVE OMNIA IVRA PRIVILEGIA ET HONORES QVAE
ADSOLENT IN TALI RE ADTRIBVI DEDISSE ET CONCESSISSE
IN CVIVS REI PLENIVS TESTIMONIVM CHIROGRAPHIS PRAESIDIS
HVIVS VNIVERSITATIS ET DECANI COLLEGII COLVMBIAE NEC NON
SIGILLO NOSTRO COMMVNI DIPLOMA HOCCE MVNIENDVM CVRAVIMVS
DATVM NOVI EBORACI DIE NONO DECIMO MENSIS MAII
ANNOQVE BIS MILLESIMO VICESIMO PRIMO
DECANVS
PRAESES
MAGNA CUM LAUDE

最后，一份渡过逆境的能力。这四年算不上一帆风顺，过程中大大小小的挑战不断。曾经有一度，我感觉自己像是暮秋的柳条，在狂风中飞舞，似乎随时会被折断。还好，有着家人和朋友的陪伴，因着所有他们馈赠的爱，我从未有一刻生出放弃的念头。拍毕业照的那天，天气乍暖还寒，有阳光从云层的缝隙里溢出来，照在身上。我感到很幸福。

准备离开校园的时候，突然飘起了太阳雪。初雪下在了晴天，在气温高于零度的纽约。人生是一个又一个圆，从某处开始，好像最终总会回到同一个地点。那些承载了记忆的物品，因为我们倾注其中的时间和情感而变得独一无二——是那个寒冷的暴雪的夜晚，是那个咖啡店里的慵懒午后，是那个我最爱的图书馆桌前的凌晨，是很多很多碎片式的动图和画面，混杂着笑声、哭声、交谈声、争吵声，美好得像一部注定有着快乐结局的电影。

一部分的我——漫漫时间长河里那短暂四年的我——被永远地留在这里了。我的迷茫、焦虑、自我怀疑和否定，我的内心与更大的世界碰撞的那些瞬间，如今想来像一阵风，像一场醒来后觉得有些伤感却又莫名很满足的梦。因为我懂得了，这些成长必经之路上的困难与挫折，都注定会在回看时变成无足轻重的插曲，变成踩在脚下的坚固的基石，变成那个更坚强、更好的自我的一部分。

从十二岁到二十二岁，成长的十年，也是人生最美好的十年。

——当年那个扎着高高的双马尾、在博客上写出《十二三四》的初中女孩儿或许从来没有想过，自己会去遥远的异国他乡读大学。

——那个梳着傻傻的齐刘海、上课时偷偷写下《灯火》的高中女生也应该想象不到，她的大学生活会以如此奇妙精彩的方式展开。

——而现在，这个长发披肩、已是青年的我，写下《晨边那抹微蓝》这本书，以此纪念刚刚结束的大学本科生活，它是属于十八岁到二十二岁的成长印记。

至此，我的“成长三部曲”画上了一个圆满的句号。

共同的旅程

——妈妈的话

舟轻不畏险滩重，
遥途漫漫每兼程。
宝石磨砺方为玉，
贝叶雕琢始成经。
生平偏好读和写，
日夕常奏商与宫。
快纵白驹逐逝水，
乐见雏凤展鲲鹏。

这首藏头诗，是女儿二十一岁生日的时候我写给她的贺诗。希望她在未来的日子里，能初心不改，走得更稳；潜心磨炼，飞得更高。

做母亲至今已经二十二年了，但有时仍会感觉难以置信——二十二年前从我身体里分离出去的那个极娇嫩、极弱小的婴儿，是如何一转眼就长成一个高高大大，从思想到精神都实现了完全独立的青年人的？在惊讶之余，我也常常感叹——诗人说“一花一世界，一叶一菩提”，一个孩子的成长，与一个宇宙的成长，都经历了从无到有、从简单到繁盛的伟大过程，两者何其相似！而作为母亲，不仅能见证这一伟大过程，还能在其中与孩子相互陪伴、共同前行，又是何其幸运啊！在我看来，这和重新活一次没什么两样！

这几年，孩子已经长大，远涉重洋在外留学，不在我身边，我也开始经常反思自己此前的育儿经历。对于所有独生子女的母亲来说，第一个孩子也是唯一的孩子；培养孩子长大，是第一次实习，也是唯一一次实战。现在回头看，过程中有值得肯定的地方，但更多的是不应有的失误、堪称惨痛的教训、无法弥补的遗憾。有时午夜梦回，思及自己在过去这些年里做过的错事，特别是这些错误给孩子带来的负面影响甚至伤害，就会感觉像千百只毒虫噬咬着我的心，令我深深地懊恼和悔恨！如果这一切能重来，我一定会做得更好，可惜此生做母亲的机会只有一次！也正因如此，我愿意在这里分享我的经验和教训，如果能让年轻的妈妈们得到一点点启发和借鉴，就足以让我感到快慰了。

做错的地方很多，就说几个最令我感到后悔和遗憾的吧。

其中之一，是在孩子年幼时，过于关注她的安全和健康，在生活上照顾得过于精细，保护得过于严密，稍微带点危险、冒些风险的事情都不敢让她做，连我们小时候天天干的诸如爬树采桑叶、下河捉泥鳅，我的孩子都没有机会去尝试。家长的过度保护导致孩子长大后习惯停留在自己的舒适圈里，缺乏冒险精神和挑战未知的热情和勇气。

其中之二，是在孩子上小学和中学期间，片面关注她的学习，没有送她去艰苦的环境里锻炼。我们这一代人年轻的时候多少都经历过比较困难的岁月，意志品质都经受过一些磨炼，具备一定的耐受力。但对孩子，虽然也有意识，却始终没能下决心抽出时间送她去吃苦，去“劳其筋骨、饿其体肤”。这方面的缺失，导致她长大后习惯于优渥的物质环境和精致的生活方式，缺乏适应艰苦环境的能力和吃苦耐劳的意志。而这些品质对于她未来面对人生的挫折和起伏是非常重要的。

其中之三，是不懂教育学，育儿理念不够科学，不懂得控制自己的完美主义倾向，简单生硬地用自己的标准去要求孩子，对孩子过于严苛，没有给她足够的宽容度和充分的时间，让她按照自己特有的生长节律循序渐进地成长，以致严重压抑了孩子个性的自由发展，磨平了许多刚刚崭露的头角，阻碍了孩子的天赋和原生创造力的充分发挥。

其中之四，是自以为是“过来人”，总想当孩子的指路人和人生导师，忍不住对孩子指手画脚，希望她能听话，少走弯路，却愚蠢地忘记了，成长的过程不可省略，跌宕起伏的人生才是精彩的人生，螺旋上升的曲线才是正确的进步之路！笔直的康庄大道非但乏味无趣，而且根本就不存在！这些错误的想法让我干了很多越俎代庖的蠢事，披着“以爱之名”的外衣，剥夺了孩子自己决断取舍、自己蹚水过河的权利，使孩子丧失了撞南墙再回头、跌倒再爬起，从错误中总结经验、从失败里学习成长的宝贵机会，削弱了她自我选择、自主决策的意识，和愈挫愈勇、百折不挠的精神。

其中之五，是忽视自己的健康，长期透支身体，睡眠不足、作息失调，且不善管控压力和情绪，结果在孩子升入大学之前病倒了。虽然经过艰苦的努力终于康复，但仍给孩子造成了沉重的心理压力和精神负担，给她的大学生活蒙上了厚厚的阴影。经历了生死关之后我终于明白，守护好自己的健康，才是给孩子的最好的爱！至今难忘当年在机场拖着虚弱的病体与孩子拥抱泪别，孩子的泪水里是对我病情的担忧，我的泪水里则是对孩子深深的歉意！那一刻我是多么悔恨，恨自己没有早早爱惜身体让孩子能心无旁骛地开启她的大学生活！

说实话，我做错过太多的事情，幸而孩子仍然健康地长大了，长成了一个极其可爱和优秀的青年。这其中，起作用的主要是孩子自身的努力、环境的熏陶、家人的关爱、师长的教导。当然客观地讲，作为父母，特别是母亲，二十二年如一日的倾力付出和心血灌注，也是不可忽视的原因之一吧。回顾这些年，在教育孩子方面也有几点心得体会，感觉对孩子的成长还是起到了很好的积极作用的。

其一，以身作则。对于孩子来说，一千个老师的作用也比不上父母的影响。父母是孩子最直接、最重要、最长期的老师，父母的言传身教会在潜移默化之中给孩子刻下终身的烙印。在这一点上，我可以问心无愧地说，自己做得还不错。

在为人处世上，以家传的“待人以善、待人以宽”影响孩子，使孩子性情随和宽厚，为人质朴方正，在家孝顺老人，在外易于相处，从不与他人争锋，从不计较个人得失，因此她从小到大，在每个群体里都深受大家喜爱。

在行为模式上，以浓厚的家庭学习氛围带动孩子，使孩子从会走路时起，就爱上了读书，并逐步培养了自愿学习、自觉学习的习惯。这一良好习惯的养成，使她得以比较轻松地完成学业，并在各个阶段都有优异的表现。

在生活态度上，从不追求物质享受，而是注重精神层面的富足，使孩子在物欲横流的当下，能做到始终保持本色，淡泊名利，甚至我们偶尔想给她买件稍贵的衣服都会被她坚决制止。老话说“女孩要富养”，我理解，这个“富”主要指精神层面的富足。只有在精神层面吸收了充足的养分，人生才会有足够的高度、广度和深度，也才能够成长为自信、自爱、自强的真正独立的现代女性。在这一点上，父母，特别是母亲，带给女儿的影响尤其关键。

其二，在孩子成长的过程中，努力做到了“提供陪伴”。我相信，特别是在孩子年幼时，父母能给予孩子最好的东西就是陪伴。当年，为了坚持自己带孩子，我们克服了很多困难：宁可借钱买房，也要给孩子一个稳定、温馨的家；宁可更换工作，也要保证能有足够的时间和精力陪伴孩子。后来，孩子长大了，离开家了，不再需要有形的陪伴了，但我依然保持“时刻准备着”的待机状态，任何时候，只要孩子有需要，就会第一时间就位，让孩子感觉就算远隔万里，妈妈

的陪伴却始终不离左右。

坚持陪伴带给孩子的好处首先是孩子的心理上有比较强的安全感。相关研究证实，童年时期由父母照料的孩子，长大后性格大都平和、阳光，不易暴躁或偏执。其次是便于父母直接培养和教育孩子。老人带孩子，可能会因过度溺爱而让孩子养成不良习惯；保姆带孩子，可能会因保姆更换造成孩子心理的不安全感，或因沟通不足不能及时发现孩子的问题。另外，在父母的陪伴下长大，孩子与父母的关系会更亲密、沟通会更密切、彼此了解的程度会更深，这些都有助于孩子心理健康发展。

其三，尽自己的最大可能为孩子发展兴趣爱好提供支持。和很多家长一样，我们在孩子小的时候就鼓励她去接触各类兴趣爱好，想方设法为她提供资源和平台，并且只要有必要，即使需要投入相当的时间、精力和资金，也毫不犹豫。如果孩子试过一段时间，因为缺乏天赋或热情而没能坚持下来，我们也会顺其自然，决不勉强。

我的体会是，每个孩子都是某一方面的天才，做父母的不能强行替孩子指定方向，而是应该为孩子提供尽可能多的机会，鼓励她去多方面尝试，并在尝试的过程中由孩子自己发掘出真正的兴趣所在。

其四，重视沟通和反思。我个人坚信没有通过沟通解决不了的问题。这些年里，我坚持与孩子保持“持续沟通”，接送上下学的路上、晚饭的餐桌上、临睡前的床头等都是沟通场所；日常闲聊、激烈争辩、书信往来、博客评论、视频

谈心等都是沟通方式。事实上，正是在无数次的沟通中，我们得以共同建立起一个有效的沟通模式，并且都养成了经常反思的习惯。遇到问题的时候，我们会采取“沟通——反思——再沟通——再反思”的模式，反复地、深入地交换意见和看法，互相指出对方观点的偏颇之处，最后通过共同梳理思路达成共识、作出决定。

近年来，孩子不断长大、成熟，我在孩子的帮助下，逐渐认识到了自己身上的许多毛病和曾有过的不恰当的做法。在经历了痛苦的反思和自我解剖之后，我下决心逼迫自己去修正和改善。其实，人到中年，要改掉一些已经形成习惯的东西很难，也很辛苦，关键是要先从思想上认识到自己的问题，并且承认自己确实错了，然后才是反复提醒自己去改变。例如调整固有的对孩子居高临下的俯视视角，跳出“教师爷”的思维模式，摒弃“你应该”“你不能”之类说教性的口头禅，等等，换成更平等、更虚心、更具建设性的方式去和孩子相处。只要有决心逼着自己去改变，每天进步一点点，就能慢慢看到效果。过而能改，善莫大焉；

亡羊补牢，为时未晚！

每一个孩子的成长经历都是独一无二的，但每一位母亲的感受可能会大同小异吧——那是第一次听到孩子喊“妈妈”的心花怒放，是守在高烧不退的孩子身旁的惶恐不安，是陪写作业到深夜的无名焦躁，是等在兴趣班教室外的百无聊赖，是学校颁奖台下的沾沾自喜，是班级家长会上的如坐针毡，是目送孩子远行时的朦胧泪眼，是被归来的游子拥入怀里的灿烂笑颜。

每一位母亲都需要认识到：成长不是孩子一个人的经历，而是你和孩子共同的旅程！

“好像一夜风吹都发芽，好像一眼望去都开花。”

这就是成长，像春天，涌动着勃勃的生机和希望。

这就是成长，是看着孩子一天天成为那个更好的她；而你，一次次蜕变成那个更好的你。

感谢成长！

感谢生命！

后记

从《十二三四》到《灯火》，再到这本《晨边那抹微蓝》，“成长三部曲”记录了我从入读初中到大学毕业的全过程。回顾这十年的成长经历，除了感恩，还是感恩。

感谢父母的一路相伴，感谢姥姥姥爷、爷爷奶奶和全家人的鼎力支持。你们是我在外求学时最坚强的后盾。

感谢母校哥伦比亚大学。感谢哥大的老师们，是你们为我创造了完美的本科体验。尤其要感谢序言中提到的本杰明·霍茨曼教授和克里斯蒂·克里斯托夫斯基教授。你们不仅提升了我的学术水平，还教会我很多做人的道理。

感谢我的另两所母校——北京师范大学附属实验中学和北京三帆中学。感谢这两所优秀学校的优秀师长们。在我最重要的成长阶段，你们的言传身教令我受益终生。我尤其想要感谢三帆中学的老校长李永康校长，没有您阳光般的关怀和鼓励，我可能不会成为现在的我。

感谢我的朋友和同学。能与你们共同成长是我的荣幸。

感谢来自五湖四海，在我成长的道路上关注、指导和帮助过我的各位师长。是你们的无私付出，让我每天都爱这个世界多一点。

感谢为我作品出版付出心力的编辑老师们。你们是“成长三部曲”的助产士和见证官。

最后，感谢成长，感谢生活，感谢这个平凡又不平凡的世界。

谢舟遥

2021年12月，于纽约